徳間文庫

黒鍵は恋してる

赤川次郎

徳間書店

目次

1　窓の中のシルエット

寝苦しい夜だった。

でも、その時私が眠っていなかったのは、別に蒸し暑くて眠れなかったせいじゃなくて、まだ時間が早かったから。――まだやっと一時になったところだったのだ。もちろん夜中の一時。

十六歳の女の子にとって、夜一時が「まだ早い時間」かどうか、多少議論の余地のあるところだと思うけれど、ともかくその日は高校一年の夏休み最後の日で、休みの間、ずっと目一杯夜ふかししていたのだから、明日から早く起きなきゃいけないのだと分っていても、突然早く眠りにつくってわけにはいかないのである。

それに、夏休みの間に片付けなきゃいけない課題が山ほど残ってて、それもやらなきゃいけなかったし。——もっとも、これは来週の初めまでにやればいいので、そう焦ってはいなかった。

ともかく、私は机に向っているのにも飽きて、立ち上ると、ウーンと伸びをしながら、ベランダに面したガラス戸の方へ歩いて行って、カーテンを開けたのだった。

外は少しは涼しいのかしら？　ガラス戸を開け、ベランダに出てみる。——それが、そもそもの始まりだった……。

私は米田あかね。前に書いた通り、十六歳の高校一年生である。このマンションの八階〈八〇二号室〉に、両親と三人で住んで二年ほどたつ。

夜の風は、部屋から出たばかりの私には、ともかくいくらか涼しく、気持良かった。風と一緒に、夜も明け方も、引っきりなしに行き来する車の音が、この八階まで立ち上って来る。

道を挟んで、真向いも、ここと同じ九階建のマンション。私の住んでる方が、いくらか古い。

母は、

「こっちの方が風格がある」

と言っているが、公平に見れば、お向いさんの方が、やや高級なイメージである。ベランダに立つと、ちょうど向いのマンションの八階の部屋の広い窓が、手を伸ばしたら届きそうな気になるほど、近くに見える。

その部屋は、三十歳ぐらいの女の人が一人で住んでいて、私なんかが、時々暇つぶしに眺めていると、母が顔をしかめる。

どうやら、本当かどうかはともかく、その女性は誰か、お金持の男性の「愛人」である、というのが、母の説だったのだ。

ともかく、普通に朝起きて出勤し、夕方帰るという生活をしていないのは事実で、当然のことながら、今も窓は明るく光っていた。

「あ――。誰かいる」

と、私は呟いた。

窓は、レースのカーテンだけが引いてあって、明るい部屋の中の様子が、よく見えていた。例の女性が、タバコをくわえて右へ左へと忙しく行ったり来たりしていたのだが……。

そこに突然、男の顔が覗いたのだ。私は一瞬ドキッとした。

その部屋に男の人がいるのを、この目で見るのは、初めてだったからだ。

どんな男かは、レースの模様に邪魔されてよく見えなかったが、メガネをかけていて、髪が少し長めに肩にかかっているらしいことだけは分った。

二人は何やら話している様子で……。それも身ぶり手ぶりがいやに大きいので、まるで喧嘩でもしているみたいに見えた。

そして——二人の姿はフッと窓の中から消えてしまったのだ。

へえ。やっぱり「男の人」がいたんだな、と私は少なからず好奇心を刺激されていた。もちろん、人の生活を覗き見するなんてあんまりいい趣味とは言えないけど——でも面白い！

そう。何もない内は、面白いに違いないのだ……。

人の姿が見えなくなった後も、その明るい窓を見ていた私は、ふとピアノの音が聞こえて来るのに気付いて、耳をそば立てた。

あの子だ。

私は、上の九階のベランダの方へ、顔を向けた。

もちろん、戸は閉っているのだろうから、そんなに大きく聞こえて来るわけではないが、その調べは淀みなく、夢見るように美しく、本当にみごとなものだった。

こんな時間まで、弾いてるんだ。あの子。

私は、手すりにもたれて、夜風に吹かれながら、洩れ聞こえるピアノの調べに耳を傾けていた。——ロマンチック！

これで、ボーイフレンドでも、傍にいてくれりゃね……。

——ここ半年ぐらい空き部屋になっていた上の部屋に、誰かが越して来たと知ったのは、この夏、軽井沢の別荘から帰って来た時だった。

私たちが留守の間に越して来たので、挨拶もしないでいたというわけだけど、母が聞いたところでは、母親一人、娘一人の二人暮し。娘の方は、たぶん私と同じくらいの年齢、ということだった。

私たちも、帰ってから何日かは忙しく、一週間ほどして、夕食の時、上の部屋の母親の方が、挨拶に、とやって来たのだ。

根津久美子というのが、その母親の名前で、うちの母上に輪をかけた（その意味はやがて分る）明るい、楽しそうな人だった。

それまでにも、夜になると、ちょくちょくピアノの曲がかすかに聞こえて来ることがあって、母はその根津久美子さんに、

「音楽がお好きなようですね。よくレコードがかかってますものね」

と、言った。

すると、その母親は、大きな目をパチクリさせて、

「ああ、あれは娘が弾いておりますの」

と、答えたのである……。

うそ！　――と思わず言ってしまうほど、そのピアノはすばらしいものだった。

私はまだ、その娘を見たことはなかった。

あんまり外へ出ない子なのか、それとも私が外へ出すぎるのか……。

ともかく――ピアノも、ここまで弾いてくれれば、「迷惑」の域を遥かに超越している、と言えるだろう。

「――寝たのかな」

ピアノの音は止んでいた。

私も、そろそろ中へ入ろうとして、ふと目を向いの窓に向けたのだが――。

いつの間にか、レースだけでなく、花柄のカーテンも引かれていて、そこにあの女性のシルエットが映っていた。

何となく見ていると、突然もう一つの影が、その女性の影に飛びかかったように見えた。

ドキッとした。――何だろう？

振り上げる手が見えた――と思ったのは、錯覚だったろうか？　ほんの一秒の何分の一かのことで……。

そして、それきり、窓には何の影も映らなかった。

私は戸惑って、しばらくその窓を眺めていた。

もちろん、あれだけで、何か起ったと判断するのは、気が早いってもんだ。影が、それもチラッと見えただけで……。

でも、何だか気になった。すると、窓の明りが消えて、もう何も見えなくなってしまった。

そう……。別に何でもなかったんだわ、と私は思った。

飛びかかった、とか、手を振り上げたとか、どれもただの想像にすぎないんだし。

肩をすくめて、もう寝なきゃね、と部屋へ入ろうと戸を開ける。

車の停る音がした。——ビルに挟まれた場所では、地上の話し声とか物音が、反射をくり返して、高い所でかえってはっきり聞き取れることがあるものだ。

私は、またベランダへ戻り、手すりから下の車道を見下ろした。向いのマンションの前にタクシーが停り、マンションから出て来たらしい男性が乗り込むところだ。

ほんの一瞬だったが、私の目には、その男が髪を長くしているように見えた。

タクシーが走り去る。——それで、終りだった。

私は、引っ込もうとして……。何かを感じたのだろう。ふと上に目をやった。

ちょうど真上のベランダの手すりから、女の子の顔が、こっちを見下ろしていた。

風に髪の揺れる、そのふっくらした顔は、好奇心一杯の目で、私を見下ろしていたのだ。

「――やあ」

私は言った。

「あかねさんね」

と、その女の子が言った。

「知ってるの？」

「表札、見たわ」

「ああ。――あなたは？」

「根津まさね」

「まさね？」

「〈真実〉の〈音〉と書くの。真音」

「真音、か。ちょっと似た名ね。――よろしく」

「こっちこそ」

何だか、上と下で、首の痛くなりそうな挨拶をして――ともかく、これが私と根津真音の初対面だったのである。

「ほら、早くしなさいよ」

と、母がせき立てる。「遅刻するわよ」

「大丈夫よ」

「だって、もう三十九分よ。――あら、何かしら？」

いつもの朝が、また始まっていた。

このパターンが、これからまた毎朝くり返されるわけだ。

私の母は、米田志津子。四十を少し出たところで、せっかちの心配性。父も結構几帳面な性格なので、

「一体あんたは誰に似たのかしら」

と、母は三日に一度は嘆いているのだった……。

「――何だろ」

モーニングコーヒーなど飲みながら、私は近付いて来るサイレンに、気を取られていた。

「火事？」

「違うよ。あれ、パトカー。――ね、こっちに来る！」

私はダイニングのテーブルから離れようとしたが、

「ちょっと！　だめよ、早く食べて行きなさい！」

と、母に叱られてしまった。

確かに、いくら呑気な私でも、そろそろ出ないとやばいということは分っていて、

トーストの残りを口へ押し込み、コーヒーで流し込むと、

「行って来る」

と言ったつもりが、口の中の「ムムム……」

で終り。急いで鞄をつかんだ。

「忘れものない？　——まあ、ここの前に停ったわ、サイレン」

母の方だって、好奇心の強さは相当なもんだ。玄関に鍵もかけずに、私と一緒に出て来てしまった。

「エレベーター、一階だよ。階段で行く！」

「ちょっと、あかね！」

母の声を後に、私は、八階から一気に階段を駆け下りた。相当な運動ではあるが、これをやると、体が目を覚ますのだ。

一階へ下りて、ロビーを抜けて行くと——。こいつはただごとじゃない！

パトカーが二台、向いのマンションの前に停っていて、警官がマイクで何やら連絡を取っている。あわただしい雰囲気、駆け足で出入りする警官たちの様子には緊張感が漲っている。

何だろう？　——道を行く人も、一瞬足を止めて、眺めているが、そこは誰しも遅刻が怖い。心残りな様子でまた歩いて行くのだった。

「人殺しですって」

と、すぐ後ろで声がして、私は振り向いた。

根津真音が立っていた。

「おはよう」

「どうも」

意外に小柄な子だった。ふっくらした丸顔に目が大きく、体つきも全体に丸っこい、という印象だ。

私は、根津真音が、薄いブルーのブラウスに、チェックのスカートという、私とそっくりの格好をしているので、面食らった。

「あなた……」

「今日から、同じ高校の一年生」

と、真音は言って、少し照れた。「よろしく」

「じゃ、編入生？　へえ！　びっくりした」

私は、ちょっと混乱していた。いや、ここから学校まで、四十五分の道のり、いつも一人だったのが、この根津真音と一緒に行けるというのは嬉しかったが……。

「――人殺しですって？」

と、駅に向って歩きながら、私は根津真音の話にびっくりして、言った。「どうして知ってるの？」

「五、六分前に出たの。マンションから」

と、真音は言った。「初日から遅刻っていうのもいやだから。そしたら、向いのマンションのロビーで、誰かが『一一〇番だ！』って騒いでて、何だろうと思って、見てたの。そしたら、管理人らしいおじさんが、ゆかた姿で出て来て、電話してて。――八階で、女の人が殺されてるって」

「八階で？」

私は思わず足を止めていた。

「ええ。――どうかした？」

「いいえ……」

私は、また歩き出した。

八階の女の人……。やっぱり、ゆうべの、あのシルエットは、殺人の瞬間だったのだろうか？

「八階って、お宅の真向いね」

と、真音が言った。

「うん。ゆうべ……殺されたのかなあ」

「さあ、それは知らないけど」

そりゃそうね。でも――ゆうべ見たことを話すべきかしら？

私は、すっかり目が覚めてしまった。

「あ！」

と、腕時計を見て、「あと三分。あの電車に乗らないと、遅刻よ」

「じゃあ……」

「走ろう！」

私たちは駆け出していた。

私の心は、あの殺人現場に、たっぷりと未練を残していたのだけれど……。

2　ニックネーム

「ありゃ凄いわ」

と、加東希代子が言った。

「そう？」

確かに、私も凄いと思っていた。でも、プロの目にはどう見えたのか、やはり聞いてみたい。

「桁が違う」

と、希代子は首を振って、「間違ってるよ、あんな子がまだ高校一年生の勉強してるなんて」

ま、希代子は何でもものごとを多少オーバーに言う気味があって、少しは割り引いて聞かなきゃいけないのだが、この場合はどう割り引いても、「無限大」マイナス１という程度にしかなりそうにない。

「――ああ暑い！」

と、加東希代子は言って、息をついた。

今日は始業式だけなので、もちろんお昼で学校は終り。私たちは帰り仕度をして、校舎の外へ出たところだった。

女子校には女がいない、とは、現代国語を教えている独身男性教師、佐倉先生の言葉である。その感じ、分らないでもない。

つまり、男の子の目がないから、女であることを意識するということもないのだ。といって、我が学園が殺伐としているわけではない。

もちろん、それなりに華やかで、それなりににぎやかで、それなりに……よく食べる！

「あの子、私と同じマンションなの」

と、私は言った。

「本当？　じゃ、待ってようよ。一緒に帰ったら？」

「そうね。もう出て来るだろうし」

「木かげにいよう。少しでも涼しい」

加東希代子は暑がりである。太っているわけではないけれど、体つきががっしりしていて、背も私より十センチは高い。

「先輩さよなら」

と、中学生が声をかけて帰って行く。

もちろん同じクラブにいる子である。三年生の時はいい気分だったのにね。また高校で、一年生からやり直しだ。

「もう、コンクールにいくつも優勝してるのよ」

と、希代子は言った。「どうしてうちの学校なんかに入って来たんだろう？　何か言ってた？」

「知らない」

と、私は首を振った。「今朝来る時、初めて一緒になっただけよ。そんなに詳しいことまで訊けないよ。それに、今朝は他にもあったしね」

「他に？」

「うん。どうせ、あの子を誘って、どこかへ入るんでしょ？」

「そりゃ、編入生には歓迎会をしてあげなくちゃ」

「じゃ、その時、ゆっくり話してあげる。——あ、来た」

根津真音が、足早に校舎から出て来ると、真直ぐ前を見て、どこに誰がいようと構わない、という様子で、校門に向って一直線に歩いて行く。

「ちょっと！」

と、私は声をかけた。「根津さん。——真音さん！」

大声で呼んで、やっと彼女は振り向いた。

「あ、あかねさん」

と、足を止めて微笑む。

「凄かったわね、あなたのピアノ」

と、希代子が言った。「私、加東希代子」

今日、私たちと同じクラスに編入されることになった根津真音は、担任の野川先生に言われて、教室の古いアップライトピアノを少し弾いたのである。これが、いつもくすんだ音を出している、同じピアノか、とクラス中の子が唖然とした。

私も、真音の腕前を知ってはいたけれど、こうして目の前で、信じられないほどのスピードで指が動くのを見せられると、やはり呆気に取られずにはいられなかった。

今まで、クラスで一番ピアノが上手いのは、加東希代子だったのだ。でも、その希代子が、

「ねたむ気にもなれない」

と、舌を巻いたのだった……。

「ね、お近づきのしるしに、帰りにあんみつでも一杯、いかが？」

と、希代子が訊ねた。

真音は少し迷っていたが、ニッコリ笑って、

「プリン・アラモードならＯＫ」

と、答えたのだった。

「——殺人事件？」

と、希代子が目を丸くした。「凄いじゃない、そのニュース！」

「でも、気持悪いわよ」

と、私は顔をしかめた。「すぐ犯人が捕まりゃいいけどさ。もしかしたら、すぐ近くに犯人がいるかもしれないのよ」

——冷房の涼しさは体に悪い、なんて言うけども、やっぱり涼しい方がいい！

加えて、三色アイスを食べ、人殺しの話をしていれば、少々寒くすらなって来るのも当然のことだった。真音と希代子は、プリン・アラモードにしている。

「でも、あかねの見たの、やっぱり殺人の瞬間じゃないの？」

「そう思う？」

と、私は言った。「気が重いんだ。見なきゃ良かった」

「犯人を見たんでしょ？　警察へ届け出なくちゃ」

「希代子は関係ないから、そう言うけどさ、もしそんなこと話したら……。何だかんだ、うるさいでしょ？」

「私は知らないわよ。警察のご厄介になったことないからね」

「私だってないけど……。でも、もし犯人じゃなかったら？　それに、犯人だったとしても、すぐ捕まるとは限らないでしょ。私が目撃者ってことで、狙われるかも……」

「スリルあるじゃない」

と、希代子は無責任に喜んでいる。

「いやよ、この若さで殺されるのなんて。ねえ、真音」

「そうねえ……」

真音は、ほとんどプリンを食べ終えていたが、少し考え込んで、「あかねさんの好きなようにすれば？」

と、至ってまともな意見を述べた。

「そりゃあ、私だって、市民の義務ってものはあると思うわよ。犯人が、また他に殺人を犯すかもしれないし。私が話してさえいれば、死なずにすんだのに、とか後悔することになっても、後味悪いし……」

しゃべりながら、自分で結論を出しているようだった。何となく黙って、三人、互いに顔を見合せ、

「やっぱり——」

「そうね」

「話すべきね」

私はため息をついた。――何しろ私は面倒くさがりなのだ。

よりによって！　どうして私があんなものを見ちゃったんだろう？

「でも、その女の人、どうして殺されたんでしょうね」

と、真音が言った。

「色々あったんでしょ」

希代子が、もっともなことを言った。

「愛してたからだわ」

と、突然真音が言った。

何だか、急にTVのチャンネルをかえてしまったみたいな気がして、私と希代子は顔を見合せた。

「真音。何のこと、それ？」

と、私が訊くと、真音はキョトンとして、

「もちろん、お向いのマンションで殺された人のこと」

「だって、殺されたのよ」

「愛してなきゃ、ただ別れりゃいいんだもの。ね？」

「そりゃそうだけど」

「別れるか、捨てるかすれば……。でも、そうできなかったんだわ。殺さなきゃいけないくらい、愛してたんだわ……」

と、何だか、一人で納得している。

こりゃなかなか変った子らしい。

「ね、真音」

と、希代子は言った。「あなた、どうしてうちの学校へ編入して来たの？」

「私？　さあ……」

「さあ、って、知らないの？」

「母が決めたことですもの。私、ただ言われた通りに、編入試験、受けたの」

「へえ……。素直なんだ」

と、私は皮肉でも何でもなく、言った。

「ううん」

と、真音は首を振って、「ただ、馬鹿なだけなの」

こういうことを、真面目(まじめ)に言う人も珍しいだろう。

「――あなた、前の学校とか、中学校とかで、あだ名はなかった？」

と、希代子が訊いた。

「あったわ。〈黒鍵（こっけん）〉っていうの」

「黒鍵？」

「やっぱりピアノが上手いから？」

と、私は訊いた。

「そう……。でも、別にショパンのエチュードとは関係ないのよ」

ショパンの〈二十四の練習曲〉の中に、〈黒鍵〉という曲がある。

「じゃ、どうして〈黒鍵〉なの？」

「私って、みんなと比べて、いつも少しずれてるんですって。だから、半音ずれた黒鍵だって」

と、楽しげに、真音は言った。

半音ずれて、〈黒鍵〉か！　私は、絶妙なニックネームだ、と思った。もちろん、希代子もそう思っていたに違いない。

「じゃ、またね」

私はエレベーターの八階で降り、真音はそのまま九階へ。

私は、我が家の玄関のドアを開けた。

「――ただいま」

と上りながら、見慣れない男ものの靴に目を止めていた。

お客さん？　こんな普通の日に珍しいね。

真直ぐ部屋へ行って、鞄をベッドの上に放り出すと、

「あかね」

と、母が呼んでいる。

「はあい」

私は、居間へ行った。「お母さん――」

見たことのない男が、ソファに座っていた。私は、チラッと母の方へ目をやった。

「娘のあかねです」

と、母がその男に私を紹介した。

「やあ」

三十代の後半ぐらいか、と顔からは見える。しかし、頭の毛の方は、大分後退していて、老けた印象を与えた。

いずれにせよ、このマンションに、あまり縁のある男とも思えない。

「あのね、警察の方なの。刑事さんなのよ。三角さん」

三角？　また変った名前だな、と思った。でも、刑事が来てたなんて！

「あの、奥さん」

と、その男は、ちょっと気がねしながら、「私の名は三角です。字は三角ですが……」

「あら、そうでした？　ごめんなさい、てっきり三角さんとおっしゃるんだと思ってましたわ」

母は、そう言って笑った。せっかちなくせに、妙なところで呑気なのが我が母、米田志津子なのだ。

「ところでね」

と、その三角刑事が私を見て、言った。「ゆうべ、この向いのマンションで、殺人事件があったんだよ」

「知ってます。出がけに――」

「そうか。ちょうど現場は、このベランダから見える、真向いの部屋だったんだ」

と、刑事は言った。

「それでね、あなたが、何か気付いたことはないかって。それを訊きにみえたのよ」

偶然とはいえ、言いに行く手間が省けた！

私は変なことで喜んでいた。

「あの――殺されたのは、あそこの女の人ですか？」

と、私は訊いた。

「うん。杉田涼子という女性でね。三十一歳。まあ、詳しいことは、まだこれから調べるんだが」

と、三角刑事が言った。

「ええと……。ゆうべ、暑かったんで、ベランダに出たんです。夜の一時ごろ」

「一時だって？　事件の起きたのが、そのころだよ」

と、三角刑事は身をのり出した。

「私――男の人をチラッと見ました」

私は少々得意だった。刑事は目を輝かせてメモを取っている。聞いていた母の方も、面食らっている。

「――すると、男はメガネで長髪と……」

「そう見えました」

「で、女に手を振り上げるのが見えた、と」

「影だけですけど。――それが本当に殺人の場面だったのかどうか、分りませんよ」

「うん。しかし、君の証言は貴重だよ！　すばらしい」

刑事の方も興奮しているのは、やはりこれが大きな手がかりになるからだろう。

「ちょっと君の部屋のベランダに出てみたいんだがね」

「どうぞ」

私は立ち上ってから、「あの――ちょっと待って下さい」

部屋の中を片付けなきゃ！　私はあわてて自分の部屋へと駆け込んだのだった。

3　有名？　無名？

「私は言ってないわよ」

と、加東希代子は言った。「長い付合いでしょ。信じなさいよ」

「長い付合いだからこそ、信じられないのよ」

と、私は言い返してやった。

「――何のお話？」

と、おっとりやって来たのは、〈ピアノの天才〉かつ、〈ミス黒鍵〉の根津真音。

「楽しそうね」

「そう見える？　ケンカしてたのよ」

と、私は言った。

ま、古い友だちともなれば、ケンカも遊びの内ではある。

ところで、今はお昼どき。つまり、私と希代子はいつも通り、一緒にお弁当を食べていた。

私がどうして希代子とやり合っていたかというと、昨日、あの三角という刑事がやって来て、向いのマンションで起きた殺人事件について訊いて行ったのを、今日学校へ来てみたら、クラス中の子が知っていて、

「ねえ、訊問されたの？」

「どうだった、刑事さんって。――怖い？」

「『白状しろ！』とか、怒鳴られた？」

などと一斉に質問ぜめにあってしまったからである。

しかも、こっちは「重要な証人」として、三角刑事に感謝されたというのに、ひどいのになると、

「あら、よく留置場から出て来れたわね」

なんて言うのまでいる始末！

「冗談じゃないわよ。全く」

と、私がむくれたのも無理はない、と言うべきだろう。

「面白いじゃない。まあ、有名人はあれこれ言われるわよ」

と、希代子は自分のことじゃないので、呑気なものである。

「でもさ」

と、私は食べ終ったお弁当箱を洗いに立ちながら、「真音のとこだって、あの部屋、

見えるんじゃないの？」

「その気になれば」

と、真音は肯いた。

「見たの？」

「いいえ」

「でしょうね」

ピアノに夢中じゃ、外で飛行機が落ちても気が付かないかもしれない。

「真音の所にも、刑事さん、行ったの？」

と、お弁当箱を洗いながら、希代子が訊いた。

「ええ。そうみたい」

と、言って、真音がクスッと笑った。

「何がおかしいの？」

「いえ……。来たことは来たけど、母が、『娘はピアノの練習中です』って、追い返しちゃったの」

「へえ」

「芸術家はデリケートなんです！　そんな恐ろしい話で神経を乱されたら、娘の将来が台なしになるかもしれないじゃありませんか！」

真音は頭の天辺から出るような甲高い声で言って、「——母に、この調子でやられたら、まず誰もかなわないの」

「分るわ」

と、希代子は肯いた。「うちの母も昔は似たようなもんだった」

「昔は？」

「まだ娘に、プロの音楽家の夢をかけてたころよ」

と、希代子は笑って、「遠い昔の物語ね」

三人は、また教室へ戻った。——真音は先にお弁当も食べ終っていたのだが、何となく私と希代子について歩いていたのである。

「あかねさん」

と、真音が言った。「紅茶飲む？　ティーバッグ持って来たの」

「いいね！」

と、希代子が私の代りに返事をした。

「じゃ私、三人分、いれて来る」

と、真音は楽しげに、三人分の湯呑み茶碗を、小さなお盆にのせて持って行った。

「——でも、やっぱり少し変ってるね」

と、希代子は、真音を見送って言った。

「黒鍵だけのことはある」

と、私も肯いた……。

――授業をしていても、真音はやはり、どこか他の子と違っていた。

音楽が飛び抜けてできるのは当然としても、歴史とか生物とか、暗記ものには強いようだ。

その代り、数学となると、からきしだめ。

授業の間は、ただひたすら眠らないように努力しているだけの様子だった。

「――全然分んない」

と、さほど深刻でもない様子で言う真音を希代子が、

「モーツァルトだって、三角関数は分らなかったわよ」

と、慰めた。

「だめなの、勉強は本当に」

と、真音は首を振って言ったものだ。「小学校、中学と、宿題なんてやったことないんだもん」

「へえ」

と、私は目をパチクリさせて、「それでも叱られなかったの？」

「一応、ちゃんと出してたから」

「誰かに教わって？」

「いいえ。母が全部、代りにやったの」

「あなたの宿題を、お母さんが？」

と、私はびっくりして、「でも――字で分っちゃうでしょ」

「母は私とそっくりの字が書けるの。練習したから。それに、中学生のための問題集、全教科揃えて、必死で勉強してた」

――凄い！

私と希代子は、唖然としてしまった。

いくら、娘をピアニストに、と思っていても、そこまでやるってのは……。

「だから、もし失業したら、塾の先生をやる、って言ってるわ」

と、真音は笑って言った。

――真音の母親は、どこかの画廊に勤めているということだったが、もともと実家がお金持で経済的な心配はほとんどない、ということのようだ。

その辺りの事情は、私の母が、それとなく訊き出したのである。

――紅茶をいれて、真音が戻って来た。

「はい、どうぞ」

「悪いわね、やらせちゃって」

「いいえ。――こんなこと、家じゃできないから」

「どうして？」

「手をやけどしたら、どうするの、とか言われて。私、台所のガスレンジ、点けられないもの、怖くて」

ここまで来たら、「箱入り」も大したもんだ。いや、母親の情熱のものすごさ、というか……。

でも、私は真音のことが気に入っていた。同じ年齢にしては、びっくりするくらい、幼ないところはあるけれど、それも真音の場合は「可愛い」のである。人に好かれる雰囲気は、真音が生れながらに身につけているものなのだろう。

「――おいしいわ」

本当は少々出すぎて苦い紅茶を一口飲んでそう言ってやると、真音は、嬉しそうにニッコリと笑ったのだった……。

――向いのマンションでの殺人事件が、TVや新聞をにぎわせたのも二、三日のことで、次の週末のころにはもう、食事の時の話題にも上らなくなっていた。

もちろん、犯人が捕まったというニュースでもあれば、私だって気付いただろう。

――向いのマンションの、あの部屋はカーテンを引いたままだった。

そして、その間には忘れられて行く――はずだった。ところが……。

その土曜日は、珍しく、私の部屋に、真音と希代子の二人が遊びに来ていた。

希代子が来るのは珍しくないけれど、真音の方は、レッスンが忙しくて、土日はまず時間がないのだ。

その日は、真音のついているピアノの先生が病気とかで、レッスンが休みになってしまったのだった。

「母がカンカンで」

と、真音が笑って言った。「前もって知らせてくれりゃ、他の先生の所へ行ったのに、って」

病気になるのが、「前もって」分ってりゃ、誰も苦労しないだろう。真音の母親も、相当変った人らしい。

「――ね、ずっと閉ってるの、あの部屋？」

と、ベランダ側のレースのカーテンを開けて、希代子が言った。

「そりゃそうよ。殺人現場だよ」

と、私は言った。

「でも、いつまで閉ってんだろ？　あの部屋だって、誰か持主はいるんでしょ？」

「当然ね。でも、誰だかは知らない」

「ずーっと空き部屋にしとくってわけにもいかないだろうしね。――どうするんだろ、あの部屋」

「希代子の部屋じゃないんだから、気にすることないじゃない」

と、私は言ってやった。「犯人が捕まったって話も聞かないし」

「きっと、あの女の人を愛してた男性がやったんだわ」

と、真音がまた言い出した。

「何てったっけ、殺された女の人？」

「杉田涼子」

と、私は言った。

「どういう女の人だったの？」

「よく知らないけど……。ま、うちの母の想像も、そう外れちゃいなかったみたいよ」

「つまり、誰かの愛人だった、ってこと？」

「そう。——たぶん警察の人はもう分ってんじゃないのかな」

私は、立ち上って、「クッキーもらってたんだ。持って来る」

と、ドアを開けると——目の前に母が立っていて、私は、

「キャッ！」

と、声を上げて飛び上った。

「どうして自分の母親を見てびっくりするの?」

と、母は心外、という様子。

「だって、黙ってヌーッと立ってるんだもの! ああびっくりした」

と、胸を押える。

「失礼ね。ヌーッとなんて立ってないわよ」

と、母は顔をしかめて、「いちいち大声で歌ってられますか、家の中で」

「何か用なの?」

「お客様よ」

「私に?」

「そう。三角さん」

「——あの刑事さんね」

と、思わず笑い出してしまった。

で……当然、居間へ入って行った時、真音と希代子も私の後からついて来たのである。

三角刑事は、目をパチクリさせて、

「おや、いつの間に三人姉妹になったのかな?」

私が二人を紹介すると、

「ああ、君が、名ピアニストの――」

と、三角刑事は微笑んで、「お母さんにはお会いしたよ」

「聞いてます」

と真音は会釈して、「母には誰も勝てないんです」

「よく分る。――ところでね、あかね君だったね」

「はい」

「向いのマンションの事件でね、あそこの持主がやっと分ったんだ。なにしろ会社名義になっていて、なかなか調べがつかなかったんだけどね」

「じゃあ、その人が犯人――」

「いや、そうはいかない」

と、三角刑事は苦笑して、「むしろ、その男は、彼女をあそこに住まわせて、面倒をみてたわけだからね。うまく行かなくなっても、殺す必要はないだろう。もちろん色んな場合は考えられるけどね」

「どこかの社長さんとか……」

「まあ、社長は社長だ」

と、肯いてから、三角刑事は手帳を開いて、「――君たち、風丈一朗って男を知ってるかい？」

私と希代子は顔を見合せた。

「もちろん！」

と、私が言って、

「知りません」

と、真音が言った。

「真音――知らないの？　本当に？」

と、希代子が呆れ顔で、「今、凄い人気のロックシンガーだよ」

「そうらしいね」

と三角刑事が肯いて、「私も知らなかった。娘に馬鹿にされたよ」

風丈一朗は、この一年ぐらいで、アッという間にスターになった、もう三十代の半ばぐらいのロックシンガーである。

わあわあがなって、何言ってんのか全然分んない大方のロックとは違って、もう少し大人っぽいというか、きれいなメロディを書いて自分で歌う。〈メロウ・ロック〉なんてコピーがついていた。

ともかく高校生ぐらいから、上は結構中年のおばさまたちにも、その少し知的な顔立ちで、広いファンを持っている。

「その風丈一朗が、どうかしたんですか」

と、私は言った。

「あのマンションの部屋の持主がね、風丈一朗だったんだよ」

「うそ！」

と、希代子が目を開けっ放しにして言った。

私も唖然とした。そして――。

真音一人が、

「それ、どういう人？」

とキョトンとしていたのだった……。

4　風と会った日

「風丈一朗かあ」

と、私は言った。「意外や意外！」

「そんなに有名な人なの？」

と、真音はまだ言っている。

「でも、いやねえ、そんな人がご近所にいるなんて」

と、母は少々見当外れな迷惑顔をしている。

「別に関係ないじゃない、家と」

と、私は言ってやった。「きっと、そのニュースを聞きつけたら、凄いよ」

「何が？」

と、真音が食事の手を止めて訊く。

「もちろん、週刊誌とかＴＶとかさ。あのマンションを撮りに来るに決ってる」

私は、ちょっと心配になった。「私もインタビューとか、されるかしら？　何か可愛いワンピースでも着てよう」

「勝手にしなさい」

　と、母が呆れ顔で言った。

　――土曜日の夕食。

　うちへ、根津母娘（おやこ）を招いての女ばかりの夕食会となっていた。

　うちの父は出張で、真音も珍しく今夜は用事がない、というので、母が根津久美子へ、

「いかがですか」

　と、声をかけた、というわけだった。

「おいしいわ、とっても」

　真音は、びっくりするくらい、母の手料理をよく食べた。

　いや、別にうちの母上が、料理が下手（へた）だというわけじゃないけれど、まあ、ガイドブックで〈星いくつ〉とつくほどでもないのは分っている。

「まあ、嬉しいわ」

　と、母はニコニコして、「うちのあかねなんか、おいしいなんて、言ってくれたことないのよ」

「毎日、言ってらんないでしょうが」

と、私は言ってやった。

「いいのよ。いくらでも食べてちょうだい」

と、母が言うのももっともで。

何しろ、分量を間違えて、六人分作っちゃったんだから！

「——うちは忙しくて、外食が多いものですから」

と、根津久美子が言った。

「そうでしょうね、真音さんについて歩いておられると」

「ええ。家でご飯食べるのなんて、月に数えるくらい」

と、真音が言うと、母親の方は、顔をしかめて、

「オーバーよ。月に五回は食べてるわ」

数えるほどには違いない！

「——父も、それで出てっちゃったのよ」

と、真音が言ったので、私と母はびっくりした。

そういえば、真音のところのお父さんのことは、訊いたことがなかった。ちょっと訊きにくいことでもあるし。

「そうじゃないわよ」

と、根津久美子が言った。

「だって、いつも言ってたよ。『たまにゃ、うちで飯が食いたい』って」

「あの人は、ぜいたくなの」

と、久美子は、堂々と言った。「音楽の天才の親になったら、それぐらいのことは、我慢しなきゃ」

「あの……すっかり別れてしまわれたんですの？」

と、母が、それでも多少遠慮がちに、訊いた。

「向うが勝手に出て行きまして」

というのが返事だった。「あえて、追いかけませんでしたの」

「はあ……」

なるほど。——ここまで割り切れるもんかしら、と私などでも感心してしまう。

しかし……。

その時、無言で食事をつづけている真音の顔に、チラッと寂しげなかげが走るのを、私は確かに見ていた……。

「——たまには会うの？」

と、私は訊いた。「お父さんに」

食後の、お茶を飲んでいる時だった。——母親同士は、学校の話題で盛り上っていて、私と真音は、私の部屋で、くつろいでいたのだ。

「いいえ」

と、真音は首を振った。「母が会わせないわ。もう三年以上たつし……」

「そんなに？」

「父にね、恋人ができたの」

と、真音は床に寝そべって、クッションに頭をのせ、「母は、怒ったけど……。でも、仕方ないなあって気がする」

「ふうん……。大変だね」

我が家では、父と母の間は至ってのんびりやっていて、まあ、このままずっと行く気配である。

こういう家にいると、これが普通って気がするが、必ずしも、世の中、そうばかりでもないのだ。

「母もね――」

と、言いかけて、真音は言葉を切った。

「え？」

「うん……。これ、内緒ね」

「もちろんよ」

と、私は真音と並んで、寝そべった。

「母は、私が何も知らないと思ってるけど……。でも、恋人いるんだ」

「お母さんに？」

そりゃ、まだ恋をしておかしい、って年齢じゃないが。「そんな時間、あるの？」

「私のレッスンの間とか。何時間もかかるでしょ。――その間に買物したりしてるんだけど。時々、髪が乱れてたりね。私がよっぽど鈍いと思ってんのね」

と、真音が笑った。

「そう……。真音に余計な心配させたくないんでしょ」

「私だって、子供じゃないのになあ」

と、真音は、ため息をついて、天井を見上げた。「――ね、あかねさん」

「あかね、でいいわよ」

「うん。――恋したこと、ある？」

私も、とっさのことで、ためらった。

自慢じゃないが……。まあ、恋と名のつくほどのものは――。

「特になし」

と、私は肩をすくめて、「これからよ」

「そうだね」

「真音は？」

「ある」

と、はっきり言われて、びっくりした。

「いつ？」

「中学一年。――ピアニストだった」

「大人？」

「うん。五十歳ぐらい」

危いなあ。――きっと、父親への憧れがあるのだ。

そりゃそうだ。

「いい人だったけど……。やっぱり、私、少し若すぎたみたい」

「でもね――」

真音は、キラキラと輝く目で、言った。「予感があるの」

「予感？」

「うん。――きっと誰かに出会うんだわ。もうすぐ。そんな気がするの」

真音の声は、まるで彼女の弾くピアノのように、音楽そのものだった……。

その翌日、私は近くの店に買物に行った。ノートとか小物を沢山置いてある店で、中を歩いているだけでも、結構飽きない。

あれこれ買っても、せいぜい何百円ですむので、時間潰しにはちょうどいい。

今日は真音は何かのコンサートにゲストで出るんだとか……。もちろん、出演料は「車代」くらいのものらしいが。

「ステージに慣れるのにいい」

と、母親はすすめているらしかった。

レジで、お金を出していると、

「ね、見て！」

と、店にいた女の子が声を上げた。「風丈一朗じゃない？」

私はびっくりして、外へ目をやった。

あまり見たことのない、小型の外車が停って、降り立ったのは……。確かに、風丈一朗らしい。

じゃ、やっぱり……。あの三角刑事の話は本当だったのか！

風丈一朗は、TVなどで見るより、背が高くなくて、三十代も、もう末ぐらいに見えた。でも、無造作にひっかけたジャケット一つにしても、いかにも洒落ている。

風丈一朗の姿は、どこかに見えなくなってしまった。

「どうも」

おつりをもらって、私は店を出た。マンションまで、二、三分。

マンションに入る時、つい目は向いのマンションのロビーへ向いていた。でも、風丈一朗の姿は見えなかった。

と思ったら……。私は、面食らった。

うちの方のマンションのロビーに、風丈一朗がいたのである。

何してるんだろう？　私は、風丈一朗が、下に並んだ郵便受の名前を見ているのに気付いた。

私のサンダルの音に気付いて、顔を向けると――。

「ここの人？」

と、よく通る声で訊いた。

「そうです……」

「米田さんって家は何階かな」

私はドキッとした。

「ええと……。あの――何のご用でしょうか？　うちですけど」

と、少々上ずった声を出していた。

風丈一朗は、ちょっと眉（まゆ）を上げた。そういう表情が、いかにもスターである。

「君が……米田あかね君？」

名前を言われて、またびっくりだ。

「そ、そうです」

なんて、口ごもってしまう。

「そうか。——僕のこと、知ってるかい？」

「ええ」

風丈一朗は、微笑んだ。中年のおばさまたちもしびれさせるという笑顔、もちろんすてきだ。

でも——この男が、あのマンションに杉田涼子という女性を置いていたのかと思うと……。

もちろん、風丈一朗は、私があの夜、チラッと見かけた男とは全く様子が違う。髪も長くしていないし、スラリと長身の体つきは、真直ぐに背筋も伸びて、見ていて気持がいい。

ロックといっても、風丈一朗の場合は、至って健康的で、そこがまた大人にも受けているんだろう。

「聞いてるかもしれないけど」

と、風丈一朗は言った。「向いのマンションの事件で色々迷惑かけたようで、すまないね」

「いいえ、別に……」

「君の所は八階？」

「そうです」

「ちょうど真向いなんだってね」

「ええ」

「じゃ、僕のことを見かけたこと、あるかい？」

「いいえ、一度も」

「そうか。まあ、いる時は用心してたから。——君、犯人を見たんだろ？」

私は、どう答えていいか、分らなかった。それに、この忙しい大スターが、なぜわざわざこんな所へ自分でやって来たのだろう？

私が答えに詰っていると、

「——冗談じゃないわよ！」

と、凄い剣幕(けんまく)でロビーへ入って来た人がいる。

真音の母親だ。当の真音も後からついて来た。

「お母さん……。あ、あかね」

「やあ」

私はホッとした。何だか、風丈一朗と一対一で話しているのが辛(つら)かったのだ。

「先に行くわよ！」

と、根津久美子は、エレベーターで先に上って行ってしまった。

「――どうしたの？」

「行ったコンサートが、ひどくて。子供は駆け回ってるし、ピアノは音が狂ってるし。

もう、うちの母、怒り狂って」

と、真音は笑って言った。

それから、風丈一朗の方へ目をやって、

「あの……。お父様？」

と、訊いた。

「違う！」

と、あわてて首を振って、「昨日、話したでしょ。風丈一朗さん」

「ああ……」

と、真音はポカンとしていたが、「もう、大丈夫なの？」

「大丈夫って？」

「風邪引いてらしたとか……」

「そうじゃなくて！」

私は、真音の腕を取って、「ほら、歌手の――」

風丈一朗が笑い出した。いかにも楽しげだ。

「あの――上の部屋にいる、根津真音さんです。同じ高校で」

「そうか。よろしく」

と、風丈一朗が言うと、真音は、

「初めまして」

と、頭を下げた。「お噂はかねがね」

本当にね。やっぱり〈黒鍵〉だわ、この子は。

私は、思わずため息をついていたのだった……。

5　闇の中

「そうか。――ピアニストね」

と、風丈一朗は肯いて、「羨(うらや)ましいな。頑張(がんば)ってくれよ」

「ありがとうございます」

真音は少々馬鹿ていねいに頭まで下げて、「でも、羨しい、っていうのは、どういうことですか？」

と、訊いた。

風丈一朗と真音がデートしているわけでは、もちろん、ない。マンションのロビーで顔を合せて、風丈一朗が、

「良かったら、何か甘いものでもおごるよ。どこかいい店を知ってるかい？」

と、言い出したのである。

もちろん、私も母からいつも「知らない人の甘い言葉にのせられて、ヒョコヒョコついてっちゃいけないよ」とは言われている。十六歳とはいえ、かよわい（？）乙女

なのだから。

でも、真昼間で、うちのすぐ近くの、年中行ってる和風喫茶。しかも真音と二人で、相手は「超」の字のつく有名人、となりゃ、危険はまずあるまい、と判断したのである。

意外だったのは、風丈一朗が「あんみつ」を取って食べていることで、どうやら大の「甘党」らしかった。

もちろん、お店の人や、他の客も、風丈一朗のことに気付いている。ウエイトレスなんか、何か運んで来る度(たび)に別の子だったりして。風丈一朗の顔を見たいのだろう。

その当人と親しく（？）話をしているこちらとしても、そう悪い気分じゃなかった。

「いや、僕もね」

と、風丈一朗が言った。「本当はピアニストになりたかったんだよ」

「あら」

と、真音は目を見開いて、「でも、今だって音楽家として有名でいらっしゃるのに」

名前も知らなかったくせして、よく言うよ、と私は思った。

「いやいや、本当の夢はね、コンサートピアニストだったんだ。小学生から中学生にかけて、猛練習したしね、プロになりたいと思っていた。なる自信もあったよ」

「でも——やめられたんですか。おけがか何かで……」

「いや、それなら、まだ割り切れるんだけどね。――高校へ進むころになると、親が心配し始めて。音楽なんかじゃ、食っていけん、ってわけだ」

「分ります」

と、真音は肯いた。「男の子は、たいていそれでやめてしまうんですもの」

「僕も、絶対にやめない、と頑張れば良かったんだ。しかし、ちょうど、少し伸び悩む、というか、コンクールで、前の年に三位だったのに、その年は本選に残れなかったりして……。ショックだったんだ」

風丈一朗は首を振って、「結局、僕も父親の意思に従って、ピアノをやめてしまった。――高校は私立に入り、大学入試にそうエネルギーを使わなくても良かったんで、またピアノをやりたくなってね。しかし、やめるならきっぱりと、と思って二年間近く、全くピアノに触れなかったんだ。やはり無理だったよ」

「二年間ですか……」

と、真音は肯いて、「それを取り戻すのは大変ですね」

「まあ、それで方向転換して、今の僕がある、というわけだ」

あんみつを食べ終えた風丈一朗は、熱いお茶をもらって、寛(くつろ)ぎながら飲むと、「確かに今の方が金にはなる。もしコンサートピアニストになったとしても、そんなにお金になるもんじゃないからね。しかし、人間、経済的な成功だけでものごとを比べられるものじゃない。結局、いつまでも、あの時の決断を悔むことになるだろうね」

私としては、風丈一朗が、どうして私たちにごちそうしてくれるのか、不思議だった。それに、自分の心の中のことを、なぜ打ちあけたりするんだろう？

「おっと、ごめんよ、ずいぶん時間を取ったね」

と、風丈一朗は腕時計を見て、「僕も打ち合せが入ってるんだ。そろそろ行かなきゃ」

「ごちそうさまでした」

と、私と真音は言って、立ち上った。

風丈一朗が支払いをしていると、客の女の子の一人が、恐る恐る、

「あの……サインいただけませんか」

と、声をかける。

風丈一朗は快く承知して、差し出された手帳にサインをした。これを見て、「私も」「僕も」、とたちまち十人ぐらいが群がってしまった。

「——凄いわね」

と、真音は感心した様子で、「本当に人気があるのね」

まだ言ってる！　こっちこそ感心してしまう。

マンションに戻って、エレベーターに乗ると、私は言った。

「でも、いいわねえ。真音は、音楽家同士で、何となくピンと来るものがあるでしょ」

「どうして？」

と、真音が言った。

「だって、結局、風丈一朗、真音とばっかりしゃべってたじゃない」

私は別に、やきもちをやいていたわけではない。その点は特に強調しておきますが——。

「そうかなあ」

と、真音はキョトンとしている。

「そうよ、やっぱり。向うは特に、ピアニスト志望だった、っていうし」

エレベーターが八階につく。私はエレベーターを出て、

「じゃあ、また明日」

と手を上げた。

しかし、真音の方は何やら考えている様子で、ふっと私を見ると、言った。

「そのせいだけじゃないと思うけど」

「え？」

扉が閉り、エレベーターは九階へと上って行った。

そのせいだけじゃない？　――何のことだろう。

真音が、風丈一朗のことを言っていたのだとしたら……。そのことだけじゃないのなら、何のせいなんだろう？

私は、ちょっと首をかしげて、家の玄関のドアを開けたのだった。

マンションで殺された女性、杉田涼子が、風丈一朗の愛人だったというニュースは、二、三日の間はTVのワイドショーをにぎわせた。そして、週刊誌も。

しかし、二週間もたつと、TVはもちろん、週刊誌にも、事件のことは出なくなってしまった。

まあ、風丈一朗が十代のアイドル歌手か何かだったら、あれこれ言われるかもしれないけれど、何しろ三十代の男性である。それに、犯人ってわけじゃないのだし、特に釈明する必要もなかったわけだ。

やがて、十月に入り、学校の方は十月十日の体育祭に向けて、あわただしくなって来ていた。

もちろん、風丈一朗がマンションにひょっこりやって来る、なんてことも、もうなく、私も別に取材もされず、ちょっとがっかりしたりして……。

ともかく、相変らず、問題の部屋はカーテンが引かれたままで、人の出入りする気配はなかったし、真音は秋のコンクールに向けて、毎晩、猛烈な練習を続けていた。

殺した犯人については、一向に報道もされないところをみると、あまり手がかりもなかったのだろう。私の目撃した、髪を長くした若い男というのも出て来ない様子だった。

事件の解決には、まだ当分かかりそうな雰囲気だったのである。

そして、私も事件のことを忘れかけていた、ちょうどその時――。

学校から帰った私は、くたびれ果てていた。

エレベーターに乗ると、〈8〉のボタンを押し、目をつぶった。

十日の体育祭まであと四日、と迫っていたのだ。

まあ女子校だから、大したことをやるわけじゃないが、私は何とリレーの選手！

――全く、やり切れない。

これは、みんながいかに遅いか、というより、本気で走っていないかに他ならない。

おかげで、私みたいに少し真面目に走っていると、すぐ「クラスでもトップ」になってしまうのである。

「かなわないなあ」

と、私は呟（つぶや）いた。

エレベーターが上って行く。早く、自分の部屋へ入って、ベッドに引っくり返りたかった。

真音なんか、もちろん「突き指したら大変！」と母親に言われているんだろう、何をやるにも、まるでスローモーションフィルムを見ているような、しとやかさ。あれじゃ競技にならない！

ま、それでも、あれだけピアノが弾けると、誰も文句は言わないのである。

エレベーターは、五階、六階、と上って行く……。

ガクン、と衝撃が来て、エレベーターが止った。私は目を開けて、

「え？」

と、思わず声を出した。「どうしたの？」

まだ八階じゃない。扉も開かないし。

「やだなあ。――故障？」

と、ボタンを押していると、その内――ちゃんと直ったか、といえばその逆で……。

突然、パッと明りが消えてしまった。

普通エレベーターというものに窓はない。もちろん、大きなホテルとかにある「透明エレベーター」なんていうのは別だけど。

ここのエレベーターは窓も隙間もなく、当然明りが消えると、完全に真暗になってしまうのだ。

やだ……。ちょっと！　冗談やめてよね！

私は、扉を力一杯、ドンドン叩いた。

ええと……。非常時の呼出しボタンというのがあったけど。

でも、完璧に暗くちゃ、どれがその非常用ボタンなのか分らないのである。

私は、エレベーターに、閉じこめられてしまったのだった。

完全な闇、というのを経験することって、めったにない。どこにいたって、少しは明りがあるし、外なら、月明り、星明りもある。

でもこの箱の中は、「完全な暗闇」なのだ。

私は、怖くなかったとは言わない。でも――泣いたって、これが動くわけじゃないんだ。

ともかく、エレベーターが止ってしまえば、他の人だって困るわけだから、調べてくれるだろう。待っていれば、ちゃんと助けに来てくれる。

私は、壁にもたれて、じっと待っていた。でも……正直なところ、体中から汗がふき出して、不安でたまらなかったのだ。

一体何分たったろう？　何十分？

もちろん、腕時計も見えないので、時間も知りようがない。

しばらくたつと、何だか息苦しくなって来た。もちろん、私一人なのだから、空気が薄くなって、なんてことはあり得ないが、それでも気分的には、息が詰りそうになるのだ。

何やってるのよ！　早く助けに来て！

私は叫び出しそうになった。すると――。

コツコツ……。足音が、扉の外に聞こえて来た。

たぶん、住人の誰かが、エレベーターが使えないので、歩いて下りるか上るかしているのだろう。私は、思い切り、扉を両手で叩いて、

「助けて！」

と、大声で怒鳴った。「誰か！　ここから出られないの！」

その足音は、エレベーターの前を通りかかったように聞こえた。私は、もっと力をこめて、扉を叩いた。

すると、足音はピタリと止ったのだ。

やった！　聞こえたんだわ。

キイキイ、という金属をこする音が聞こえて来た。――何だろう？

何かねじ込むような……。

扉が、細く開いて、光が射し入った。誰かがこじ開けてくれてる！

何か金てこみたいな物を差し入れて、開けているのだ。一センチか二センチか、扉

は細く開いた。でも、私には誰が外にいるのかは、全く見えなかった。

もうすぐ出られる！　そう思うと、急に元気が出て来たのだが——。

突然、何か細長いものがその隙間からエレベーターの中へ飛び込んで来た。

びっくりして、思わず身をひき、床へ目をやって……。私は叫び声さえ上げられなかった。

ちょうど光が細く帯状に射している中に、小さな蛇が、シュルッと動いて、暗がりの中へと消えたのだ。

蛇？　こんな所に？

と、エレベーターの扉が、再びバタンと閉じてしまった。私は唖然として、

「待って！　開けて！」

と、叫んだが……。

ハッと気付いた。

今、ここをこじ開けた人間が、あの蛇を投げ込んだのだ。つまり、わざと、あの蛇をここへ……。

ということは、あれに私をかませようとしているのだろうか？　——毒蛇に？

私は、ピッタリと壁に背中をつけて、息を殺していた。

蛇がどこにいるのか、この暗がりの中では見当もつかなかった。

シュッ、という音が、あちこちから聞こえて来る。幻聴だったのかもしれない。

体が震え、汗が滝みたいに流れ落ちて行く。向うがどこにいるのか分らないのでは、防ぎようもない。

でも――誰が？　どうしてこんなことをするんだろう？

何だか、わけも分らず、私はしっかりと鞄を抱きしめて、闇の中に、立ちすくんでいたのだ……。

6　毒蛇と婚約者

どれくらいの間、その真暗なエレベーターの中に閉じこめられていたか。後で聞くと、五分ぐらいらしいのだが、その時の私にとっては、ほとんど丸一日だった。

それはちょっとオーバーにしても……。

ともかく蛇なんていう、あんまりありがたくない〈同乗者〉までいたのだから。

どこから蛇が襲いかかって来るか、見当もつかない。

足を狙って来るだろうと思って、足踏みしたり、右へ左へと動いたりもしてみたが、却って動くと飛びかかって来るかもしれない、という気もして……。

その内、私は石像みたいにじっと突っ立っていることにしたのである。

そして――チカチカと光が点滅して、パッと明りが点いた！

ブーンという音。モーターが動いている！

ガタン、と一揺れして、エレベーターはゆっくり上りだした。

「動いた！」

と、思わず声を上げたのも、当然だったろう。

しかし――蛇は？

エレベーターの中を見回した。私は、どこにも蛇が見えないので、戸惑った。

でも――たったこれだけの空間で、出入口もないのだ。

どこに隠れているんだろう？

エレベーターが八階について、扉が開いた。

「あら、あかね」

目の前に母が立っていた。

「お母さん！」

私はエレベーターから出て……。何しろ体中がこわばってしまっていたので、ドタッと転んでしまった。

「どうしたの？　――しっかりして」

と、母は呆れ顔で、「立ってて足がしびれたの？」

何を呑気なこと言ってんのよ！

「蛇……。蛇が……」

「え？」

「中に蛇が……」

私は、ペタンとコンクリートの床に座り込んでしまった。

やっと、母もただごとじゃないと分ったらしい。

「誰か呼んで来ましょうね」

「エレベーターを使わないように言って！　中に蛇がいるの。毒蛇かもしれない！」

「分ったわ。大丈夫？」

「うん……」

「下の管理人さんに連絡するわ」

母が、部屋へと駆け戻って行く。

私はもう……。全身汗だく。

こんな怖い思いをしたのは、生れて初めてだ——と、その時は思った。

何とか立ち上り、部屋へ戻ろうとして、鞄をよっこらしょ、と持ち上げると——。

パタッと蛇が下に落ちた。

私は、凍りついたように動けなくなってしまった。

鞄にからみついていたんだ！　黒いので、分らなかったのだ。

「誰か……。誰か来て！　お母さん！」

と、叫んだつもりだったが、かぼそい震え声にしかならなかった。

蛇はシュッと這って、私の足首のところへやって来た。

「あっち行け！　こら、向うに行け！　聞こえないの！」

聞こえたって、分りゃしないだろう。

その時、

「何やってんだ？」

と、声がした。
十七、八かと思える男の子が、立っていた。ヒョロリと長い足がジーパンにぴったりで……。いや、そんななりなんてどうでもいい。
「蛇なの……」

と、私はその見知らぬ男の子に言った。

「何？」

「蛇」

「あ、ほんとだ。へえ、どうしてこんな所にいるんだ？」

「感心してないで、何とかしてよ！」

「待てよ。俺もさ、苦手なんだ、長くてニョロニョロしたのって」

と、呑気なこと言ってる。

「私だって嫌いよ！」

「じっとしてろよ」

その男の子、廊下に置いてあったよその自転車を、そっと持ち上げた。「動くなよ……」

ガチャン！　私は思わず目をつぶった。

「――ともかく良かったわね」

と、母が、コーヒーを出してくれる。

「ありがとうございました」

もちろん、母が私に礼なんか言うわけはない。――私を助けてくれた男の子に言っているのである。

「どうぞお構いなく」

なんてちょっと照れているその男の子……。

二枚目というには、ちょっと無理があるけど、まあ、「二枚目半」か、「二枚目と三分の二」くらいの感じではある。

「こちらにお住い？」

と、母が訊くと、

「そうじゃないんです」

と、答えて、「あ、そうだ。肝心の用件、忘れてた」

結構うっかり屋のようだ。

「僕は山崎哲夫です。上の部屋へ行ったら、誰もいないみたいなんで、どこへ行ったら分るかな、と思って」

「上の部屋？」

と、私は言った。「上って――根津さんのところ？」

「そう。君、米田あかね君だろ？」

「そうだけど……」

「真音から君のこと、仲がいい、って聞いてたもんだから」

「真音のお知り合い？」

と私は訊いた。

「うん」

と、山崎哲夫は肯いた。「いいなずけなんだ」

「いい――」

と、言いかけて唖然となる。

「うん。ま、婚約者っていうかな」

それぐらい分る！　私がショックを受けたのも当然だろう。

蛇にゃ狙われる、真音に婚約者はいる……。

何て一日なの、今日は！

「真音、どこへ行ってるか知らない？」

と、訊かれて、

「ああ、その――帰りにお母さんと待ち合せて、ピアノを見に行くとか」

「何だ、そうか。じゃ仕方ないな」

と、山崎哲夫は笑って、「人を招んどいて、ピアノのこととなると、コロッと忘れる。珍しくないんだ」

「でも、すぐ帰って来るんじゃないですか」

と、母が言った。「ここでお待ちになったら」

「でも――そんな図々しいこと……」

「いえ、構いません」

と、私は言った。「どうぞゆっくりして……」

すると、上の部屋から、ピアノの音が聞こえて来たのである。もちろん、ちょっと聞いただけでも分る。真音の音だ。

「やあ、帰ったみたいだな」

と、山崎哲夫は立ち上って、「どうもごちそうさま」

と一礼、さっさと出て行ってしまった。

「――なかなか感じのいい人ね」

と、母が言った。

「そう?」

私はむくれて、「どうってことないわ」

と、自分の部屋へ引っ込んだ。

真音の奴! ――許さないから!

私はやたらと腹を立てていたのである。

珍しく早く帰って来た父は、エレベーターと蛇の話を聞いて、

「なんてことだ! 管理が悪いから、蛇なんかが住みつくんだ」

と、見当外れな怒り方をしていた。

ともかく、三人で夕ご飯を食べていると、来訪者があった。

「――あかね。三角さんよ」

「刑事さん?」

私は、お茶を一口飲んで、「ごちそうさま!」

と、玄関へ出て行った。

「やあ」

三角刑事は、私を見て、「元気かね」

と微笑んだ。

「まあ生きてます。——どうぞ」

「うん……。ちょっと君だけに話がある」

「まさか私のこと逮捕するんじゃ？」

「まさか」

「じゃ、プロポーズ？」

「大人をからかうなよ」

と、三角刑事は苦笑した。「その辺で、紅茶でもおごろう」

「ケーキも？」

「うーん……。一つなら」

かなりせこい交渉の末、私は手を打って三角刑事と一緒に出かけることにした……。


「猛毒？」

ケーキを食べかけていた手が止った。

「そう。調べてみたところ、アフリカの毒蛇でね、かまれると、まあ一分以内にあの世行き、ってことだ」

「一分……」

私は、改めてゾッとした。

「誰かが、エレベーターへ放り込んだんだね？」

「そうです」

「どんな奴かは――」

「見えませんでした」

と、私は言った。「私のこと、狙ったのかしら」

「そうだろうね」

と、三角刑事は肯いた。

「簡単に言わないで下さい」

「いや、失礼」

三角刑事がコーヒーを飲む。「心当りは？」

「人に恨まれるなんて……。こんなに真面目に暮してるのに」

自分で言ってりゃ世話はない。

「すると、やはり、向いのマンションの事件かな」

と、三角刑事は肯いた。

「目撃者だから？」

「そういうことになると思わんかね」

「でも……私、何も見てないのに」

「いや、見ているさ」

「でも、顔とかはっきりとは――」

「犯人の方は、そこまで知らない」

「あ、そうか……」

「分るかね？　君がどれくらい見たのか、犯人は知らないわけだ。だから口をふさごうとした」

「じゃあ……。また、やられるかも？　いやだ！」

と、私は声を上げた。

ケーキなんて、のんびり食べてる場合じゃない！　もっとも、ケーキ皿の上には、もう何もなかったけど……。

「待ちなさい。犯人も、あんな毒蛇をどこで手に入れたのか……。今、そっちからたぐっている。ある意味では、格好の手がかりを与えてくれたんだよ」

「でも、怖くて死にそうだった」

「当然だ。――まあ、犯人が捕まるまでは用心した方がいいかもしれないね」

「用心っていっても……」

「うん。警察の方で、ボディガードをつけよう。どうだね？」

　私は呆気に取られた。

「私に？　――用心棒が？」

「護衛と言ってくれよ」

「凄い！　ＳＰが五、六人もがっちり周囲を固めるんですか？」

「喜ばないで。ＳＰじゃない、普通の刑事だよ。交替で一人だけだ」

「一人か……。でも、いいや。友だちに自慢してやる」

「おいおい」

　と、三角刑事は笑い出した。「君ね、自分でも用心して。一人で出歩かないように。暗い所に一人で入ったりしないで」

「そんなことしません」

　と、私は言って、「学校に行くのは？　禁止？」

　さぼれる、と思ったのだが、

「もちろん通っていいよ。ちゃんと刑事がついて行く」

「あ、そうですか」

　と、少しがっかりする。

「もちろん、学校内にいる間は、校門の前で待たせる。学校の中は大丈夫だろう。人も多いしね」

「分りました。いつからですか?」

「今夜からだ」

と、三角刑事が言った。

「三角さんが?」

「いや、私じゃない。もっと若くて元気のある奴だ」

三角刑事は腕時計を見て、「そろそろ来るころだがな……」

すると——喫茶店の扉が開いて、誰かが中に入って来たのだった。

7　危険なシャワールーム

「あら」

と、母が、玄関のチャイムの鳴るのを聞いて、「こんな朝っぱらから、誰かしら?」

「見当はつく」

と、私は言った。「希代子よ、きっと」

真音とは毎朝一緒に出るが、いちいちチャイムを鳴らしたりしない。

「希代子って……加東さん?」

「そう」

「どうしてうちにみえるの?」

「面白いから」

母は、わけが分らない様子で、目をパチクリさせている。

インタホンに出ると、案の定、希代子である。——玄関へ出て、ドアを開けると、

「おはよう。早く着いちゃった」

「うん。じゃ、上ってよ。コーヒーでも一杯飲んでけば？」

「じゃ、そうする」

と、希代子が中へ入る。

すると――ドアの所に、ヌッと顔が出た。

「キャッ！」

私はびっくりして飛び上った。

その男は、ジロジロと希代子を見て、

「この女は？」

と訊いた。

希代子がムッとする。当然だろう。

「誰よ、あかね、この男は？」

「これ――刑事さん」

と、私は言って、「この子は加東希代子といって、私のクラスメートです」

「確かですか？」

と、その刑事は言った。「変装している、ってことは？」

「長い付合いなんです。いくら何でも……」

「それなら結構」

と、刑事は肯いて、「じゃ、表で待っています」

私がドアを閉めると、希代子が、

「何よ、あれ！」

と、真赤になって怒っている。

「ま、落ちついて。私の護衛に来てるんだから」

「あれなら番犬の方がましだ」

と、希代子はおさまらない。

すると、またドアが開いて、あの刑事が顔を出し、

「失礼。一応、身分証明書を拝見」

と、言ったのだった……。

「――呆れちゃうね」

希代子は、我が家の台所でコーヒーを飲みながら、「日本の警察の明日は闇ね」

「あれでも本職の刑事なのよ」

と、私は言った。「もちろん、交替も来るから。ずっと、あの人じゃ、こっちも参っちゃう」

――ゆうべ、三角刑事に紹介された時、私は、こんな刑事さんもいるんだ、とむしろ感心していたのである。

ピチッとした背広上下に、ネクタイはきっちりとしめて、銀ブチのメガネ。まだ二十代なのに、髪は一本も乱れていない、という感じで七三に分け、まるで床屋さんのポスターみたい。

白面の二枚目——と言いたいところだけれど、顎の張った顔は、どうにもハンサムとは言いかねた。

でもまあ……きちんとしているし、あの三角刑事も、「若手の中でもピカ一」と保証してくれたし……。

よろしくお願いします、と挨拶をしたのだった。

「何て名前なの、あの人?」

と、希代子が訊いた。

「岩田っていうの」

「固そうだ」

と、希代子は言って笑い出した。

「そろそろ出よう。真音が下で待ってる」

と、私は言って鞄を手に取る。

「今日は早いの?」

と、母が言った。「土曜日でしょ、今日」

「うん。でも、リレーの練習があると思う」

「夕ご飯には帰るんでしょ？」

「ペコペコに空かしてね。二人前は用意しといて」

「三人前じゃないの？」

と、希代子が冷やかす。

二人して玄関へ出て靴をはいていると、ドアを叩く音がした。

ドアを開けると、目の前に立っているのは岩田刑事。

「相手も確かめずに開けてはいけません」

と、ニコリともしないで、言った。「殺し屋だったら、どうするんです」

「気を付けます」

と、私は言った。「学校へ行きます」

「今、このマンションの入口で、あなたを待ち伏せる、怪しい人間を逮捕したところです」

「ええ？」

私は目を丸くした。「じゃ——殺し屋？」

「それはこれから取り調べます」

と岩田刑事は言って、「あそこにつないであります」

廊下を覗くと――手すりの所に、手錠でつながれて立っているのは、真音だった。

「おはよう」

と、真音はニッコリ笑って、「ちょっと遅刻するかもしれないわ……」


「迷惑としか言えない」

と、私は言った。

「結構エッチなんじゃない、あの人？」

と、希代子は言って、「ほら、じっとこっちを見てる、あの目つき」

「刑事がロリコンじゃ怖いね」

こっちは女の子ばかりである。――校門の所で、じっと彫像の如く立っているのは、もちろん岩田刑事。

今は、午後の二時だった。――他の子たちはとっくに下校し、私を始め、十五、六人の子が、リレーのバトンを渡す練習をしていた。当然こっちは体操着。希代子の言葉のせいか、本当に岩田刑事の、こっちを見る目がギラついてるような気がした……。

「――やっとおしまいか」

と、もう一走りして、私は息を弾ませながら言った。「汗かいたね」

いいお天気だった。運動すると汗がふき出して来る。もちろん、空気は乾いて、爽やかではあったけれども。

「あら、真音」

と、私は言った。「帰ったのかと思ってたわ」

真音が鞄を手にやって来るのが見えたのである。

「――もうすんだの?」

「うん。シャワー浴びて帰る。じゃ、待っててくれる?」

「もちろん」

と、真音は肯いた。「走るとこ、見られなくて残念だったわ」

「見て楽しいってもんじゃないわよ」

と、希代子が言った。

希代子もリレーの選手の一人である。

「でも……真音、どこにいたの、今まで?」

と、私が訊くと、真音は珍しくちょっとどぎまぎして、

「あの――用事があったの。大したことじゃないんだけど……。それにお昼を食べてたし」

と、言いわけがましいことを言った。

「別にいいけどさ。じゃ、その辺で待っててね。あの刑事さんに近付くと、また逮捕

されるわよ」

「気を付けるわ」

と、真音は笑った。

私と希代子は、シャワールームへと歩いて行った。シャワー浴びて、汗を流さなきゃ、帰れない。

「ね、希代子」

「うん？」

「真音、何だか様子がおかしくない？」

「そう？」

「何だかはっきりしないじゃない、このところ」

「心ここにあらず、なんじゃないの、コンクールのことで」

まあそうかもしれない。でも――どこか違うような気がした。

どこが、どう違うんだ、と言われても何とも言えないのだけれど、真音の様子には、何かを隠している、という気配が感じられるのだ。

「ま、何しろ〈黒鍵(こっけん)〉だからね」

と、希代子は言った。

それはそうだけど。――私も一応納得して、肯いたのだった……。

シャワールームは、リレーの練習をすませた女の子で一杯。シャワーの音に加えて、ワーワーキャーキャーとうるさいこと。

もちろん、そこには私も加わっているのだから、別にうるさいといっても、文句をつけてるわけじゃない。

「――あかね、殺されかけたんだって？」

と、一人の子が声をかけて来る。

そういう話はアッという間に広まるものだ。

「まあね」

「凄いじゃない！　怖かった？」

「当り前でしょ」

私は、裸になると、空いたシャワーの下に立って、お湯を出した。――気持がいい！

「ね、ボディガードがついてるって、本当なの？」

「校門の所に立ってるわよ！」

シャワーの音がうるさいので、大声で返事をする。

「重要人物ね！」

「それはもともと！」

「よく言うよ！」

みんなが、どっと笑った。

やれやれ……。

さっぱりして、タオルで体を拭くと、服を着る。——私はお風呂好きだけど、時間はあまりかからない方なのである。

濡れた髪を、ドライヤーで乾かしていると、シャワールームのドアが開いた。

「——あら、真音。どうしたの？」

と、私が声をかけると、

「あ、あかね。今、あの刑事さんがね……」

「また真音、逮捕されたの？」

「そうじゃないの」

と、真音は首を振った。「どこかに消えちゃったの」

「消えた？」

私は目をパチクリさせて、「どういうこと？」

「よく分んないの」

と、真音は首をかしげている。「話してたの、あの刑事さんと。今朝は悪かった、って向うから話しかけて来たから」

「へえ。それで?」

「うん……。少し話をしてね、あの刑事さんまた門の方へ戻って行ったのよ。それで私、ちょっと校舎の方を見てて、それから門の方を振り返ったら……。刑事さんの姿が見えないの」

私は肩をすくめて、

「トイレにでも行ったんじゃない?」

「そうかしら……」

「だって、消えるったって、どこへ行くわけ?」

「分らないけど……。車が一台、表に停ってたの。黒塗りで、中のよく見えない、大きな車」

「その車が――」

「その車もね、いつの間にか見えなくなってて……。もしかしたら、あの刑事さん、車の中へ引っ張り込まれたのかも」

私は、思わず笑ってしまった。

「真音も想像力、逞しいのね」

「うん……。心配し始めると、色々考えちゃって。――あの刑事さんが、血だらけになって倒れてるとか……」

「迫力あるじゃない」

と、希代子が面白がって、「そういうのって、大好き」

「趣味悪いんだから」

と、私は苦笑いした。「ともかく心配するほどの——」

突然、誰かが叫び声を上げた。——シャワールームの中が、シャワーの音以外、何も聞こえなくなる。

シャワールームへ入って来た男がいた。

岩田刑事だ。しかし——別に、ここを覗きに来たのではなかった。

岩田刑事は頭から血を流し、よろよろと、前へ進んで来た。メガネもなくなって、ネクタイもむしり取られたらしい。

「——どうしたんですか？」

私は、やっとの思いで言った。

岩田刑事は、私の方へ顔を向けて、

「君……。危いぞ……。一一〇番——」

と、言うなり、そのまま床に崩れるように倒れてしまう。

——これ、現実なの？　あの——ドラマの中か、それとも何かの演出じゃないの？

私は誰かに、そう訊きたかった。でも、もちろん誰も答えられやしないのだ。この人は、私のボディガードなんだから。

「あかね！」

と、真音が言った。「一一〇番しなきゃ」

「そう。――そうだね」

私も、やっと我に返った。「ここ、電話ってあった？」

「ないわよ。校舎へ戻らないと」

と、希代子が言った。「救急車も必要ね。私、行って来る」

「お願い。でも――」

希代子が、シャワールームから出ようとすると――突然バアンという音と共に、シャワールームの、金網をはめたスモークガラスの窓が粉々に砕けた。

「キャッ！」

と、みんな首をすぼめる。

「今のは何？」

と、希代子が目を丸くする。

「銃だわ」

真音が、いつもながらの穏やかな調子で言った。「誰かが、ここを狙ってるんだわ」

8　一難去って……

「どうしよう?」

と、誰かが言った。

でも、誰も返事ができない。——まあ、当然だろう。

どの授業だって、シャワールームにいる時、銃で狙われたら、どうすればいいか、なんてことは教えてくれない。それで学校を恨んでは、学校が気の毒というものだ。

「でも……どういうことなのかしら?」

私は、真音の方へ、「ね、どう、その人の具合?」

真音は、倒れた岩田刑事の方へかがみ込んでいたのである。

「え?」

と、顔を上げる。

「その刑事さん、大丈夫?」

「さあ……」

と、真音は首をかしげている。

「だって――介抱してたんじゃないの？」

「気持悪くて、さわれないもの。眺めてただけなの」

さぞ、岩田刑事も喜ぶことだろう。

「――でも、息してるから、生きてるみたいよ」

と、多少気が咎めたのか、真音は付け加えた。

「そう……。困ったね」

と、希代子が言った。

「だけど……。どうすりゃいいの？」「出てったら、撃たれそうよ」

私とて、途方にくれるばかり。

何しろ、このシャワールームの中には、十人以上も女の子がいるのだ。逃げ出すったって、どうすりゃいいのか――。

「じゃあ、誰かが思い切って出てみる？」

と、希代子が提案したが、

「ええ？」

「いやだ！」

「そうよ！　殺されるのなんていや！」

と、一斉に叫び声が上って、希代子もあっさり引っ込んでしまった。

「希代子行けば？」

とか言われて、聞こえないふりなんかしている。

「狙われてるのは私なのよ」

と、私は言った。「私のせいで、みんなが危い目にあうなんて、堪えられないわ」

「あ、そうか」

「そういやそうだ」

と、みんな肯き合っている。

「——私が行くわ」

と、私は、堂々と言った。「たとえ命を捨てたとしても、それでみんなが助かれば、いいんだわ」

こう言えば、きっと、

「だめよ、あかね！」

「死ぬ時はみんな一緒よ！」

「そうよ！　友だちじゃないの！」

と、一斉に引き止めてくれるだろう、と思ったのである。

ところが——。

「ま、しょうがないか」

「うん……。一人と大勢じゃね。やっぱ、一人が犠牲になるしかない」

「理論的よね」

「冥福を祈ってあげる、ということで……」

「はい、みんなで讃美歌を歌って、あかねを送り出しましょう」

と、指揮を始めた子までいる！

「ちょっと！」

と、私は頭に来て言った。「それでも友だち？」

「友情は、強制するもんじゃないわ」

「賛成！」

全くもう！　今の若いのは（私もだけど）どうしてこう、口ばっかり達者なんだ。

それにしても……どうして私が狙われるんだろう？

しかも、エレベーターの毒蛇といい、シャワールームを狙うライフルといい……。

どう考えたって、普通じゃない。

まあ、人を殺そう、ってのは大体普通じゃないけど、やり方ってものがある。

「で、結局、どうするの？」

と、一人が言った。「行くなら早い方が」

「追ん出さないでよ」

と、私はふくれて言った。

「――私が行くわ」

と言ったのは……真音だった。

「真音が？」

「ええ。やっぱり、あかねが目の前で殺されたら、辛(つら)いと思うの。一生忘れられないだろうし」

「後ろ向いてれば？」

と、希代子がアドバイスした。

「でも、真音。気持は嬉しいけど」

「大丈夫。私、これでも結構運がいいの」

と、真音は言った。「弾丸の方でよけてくれるわ」

じゃ、行って来ます、って感じで、真音はトコトコ歩いて行くと、ドアを開けて出て行ってしまった。

正直言って、私は呆気に取られていたのだ。真音にこんな勇気があったなんて……。

いや、これはむしろ、「無鉄砲」の部類に入るのかもしれない。

「真音！　ちょっと――」

と、やっと我に返って呼んだ時は、もう真音は外に出て、ドアを閉めてしまっていた。

シャワールームの中は、一瞬、シンと静まり返り……。

「——あかねが殺したのも同じね」

「一人でのうのうと長生きするんだわ、こういう子は」

と、みんなが無責任な批判を始めた。

「ちょっと待ってよ！　何も私は……。分ったわよ！　すぐ連れ戻して来る」

ムカッとした私はドアの方へ歩いて行ったが、突然、バンバン、とたて続けに銃声がして、私は飛び上った。

「キャーッ！」

と、みんなが床に這いつくばってしまう。

しかし——私は、真音のことが心配だった。真音が血まみれで倒れている光景が目に浮んだ。

「真音！」

私は叫んで、ドアへと駆け寄り、パッと開けた。とたんに、ダダダ、と連射する機関銃の音。

「キャッ！」

私は頭をかかえて、地面にうずくまってしまった。

顔を上げると、目の前には、哀れ、撃ち殺された真音が倒れて……いるかと思ったが、

「もう大丈夫」

と、上の方で声がした。「車は行っちゃったわ」

顔を上げると、真音が立っている。別に青くなってもいない。いつもと同じ様子である。

「真音！　足はある？」

「一応。――立たないと制服が汚れるわ」

「うん……」

どうも調子が狂う子である。「当らなかったの？」

「言ったでしょ。私って運がいいのよ」

と、真音は言って、ニッコリ笑った。

とたんにまた、ダダダ、と来て、

「危い！　伏せて！」

と、私はしゃがみ込んだ。

すると――トントンと肩を叩かれて、

「あれ、工事現場の音よ」

と、真音が言った。

「まあ、いずれにしても」

と、山崎哲夫が言った。「無事で良かったね」

「あんなことが毎日あったら、命がいくつあっても足りない」

と、私は言った。「――あの岩田って刑事さん、大丈夫かなあ」

もちろん、すぐに一一〇番して、救急車やらパトカーやらが続々と駆けつけて来たのは言うまでもない。

そして、あれこれ事情を訊かれたり、現場を調べたりするのに付合わされて、夜になってしまった。

そこへ、この山崎哲夫が迎えに来たというわけだ。――もちろん、私を、じゃなくて、真音を、である。

今度は、お腹が空いて死にそうになった私たちは、山崎哲夫が「おごる」と言ってくれたので、ハンバーガーの店に立ち寄ったのだった。

私たち、というのは、もちろん私と真音と希代子の三人だ。

「しかし、君も災難だなあ」

と、山崎哲夫は同情してくれた。

「ねえ。こんなに清く正しく生きてるのに」

「ハハハ」

と、希代子が笑った。

「何よ！」

「でも……」

と、真音が言った。「妙だわ。だって、あんなに大げさにあかねのこと狙うなんて」

「大げさか。正にその通りだね」

山崎哲夫が肯く。「真音から話は聞いたけど、君、別に犯人の顔をはっきり見たわけじゃないしね。それなのにどうして――」

「見た、と誤解してんじゃない、犯人？」

と、希代子が言った。「あ、ケチャップ取って」

「はいはい」

私はケチャップを希代子へ渡して、「それしか考えられないわ」

「だけど、毒蛇まで使うかい？　――どうも何か他の理由がありそうな気がするね」

「私、そんな心当りないわ」

と、私は言ってやった。

「自分で気が付いてないだけかも」

と、真音が言った。

そうだろうか？　確かに、犯人のやり口は少しオーバーに過ぎるようではある。

「それよりさ」

と、希代子が言った。「真音、こんなフィアンセがいるなんて、言わなかったじゃないの！　どういう関係なの？」

「それは……」

と、真音、照れて赤くなっている。「別に——どうってことじゃないの」

「どうってことなくて、フィアンセ、ってわけ？」

「親同士でってことでね」

と、山崎哲夫は言った。「でも、昔のことだし。——これからどうなるかは分らないんだ。なあ、真音」

「うん、そうね」

真音はホッとしている。

私は思い出した。——真音がどうもこのところ、心配ごとというか、隠しごとをしている、という気がしてならないのだ。

でも、ここでそんな話を持ち出すわけにもいかない……。

ともかく、ハンバーガーでお腹を落ちつけると、家へ電話を入れた。帰りが遅くて心配しているだろう。

もちろん、シャワールームでの事件は話さなかった。帰ってからにしよう。

ハンバーガーショップを出て、私は目を丸くした。店の正面に、パトカーが待っているのだ。

制服の警官がパッと敬礼して、

「米田あかねさんでいらっしゃいますね」

「そ、そうですけど」

と、こっちも焦(あせ)る。

「お宅までお送りいたします」

「これで？」

「はい。上からの指令で」

「ありがとう……。でも、何だか悪いわね」

「いいえ。安全確保のためです」

「じゃあ……。あ、真音も乗りなよ」

「でも――」

「同じマンションなんです。いいでしょ？」

と、さっさと乗り込み、真音を引っ張り込む。

一人でパトカーに乗ってちゃ、何だか捕まったみたいでいやだし。

「――じゃ、また明日」

と、私は窓を下ろして、希代子に言った。

「うん！　気を付けて」

希代子と山崎哲夫が手を振り、通りかかった人も、何事かと眺めている。私は少々いい気分だった……。

「――ね、真音」

と、私は言った。「何か悩みごとでもあるんじゃない？」

「え？」

「いいえ、考えすぎかもしれないけど、最近元気ないみたいだから」

「そうかな……」

と、真音が窓の外へ目をやる。

「違ってたら、ごめんね。まあ、誰しも悩みはあるわよね」

「黒鍵にもね」

と、真音は言って、笑った。

「本当だ。――気にしないで」

でも、真音は少し迷っている様子で、

「あのね、あかね……」

と、言いかけた。

「何？」

しかし、真音は窓の外へ目をやって、ふと不思議そうに、

「方向が全然違いません？」

と、運転している警官に声をかけた。

前の席に、二人、警官が乗っていたのだが……。

助手席の方の警官が帽子を取って、

「やれやれ」

と、息をついた。「慣れない格好すると、くたびれるぜ」

私と真音は、顔を見合せた……。

9　危い関係

偽警官……。

私と真音は、後ろの座席で、呆然としていた。

「おい、お嬢さん方」

助手席の男が振り返って、「百キロで飛ばしてるんだ。おとなしくしてなよ。下手に暴れたりして、こいつの手もとが狂や、みんなで仲良くあの世行きだぜ」

「上と下には分れそう」

と、真音がいいことを言った。

パトカーは、郊外へ郊外へと走っている。いや――このパトカーも偽ものなんだろうか？

私が車の中を見ていると、助手席の男がまた振り向いて、

「この車はな、映画の撮影用のやつを拝借したんだ。少し手を入れたから、そう乗り心地は悪くねえだろ？」

「サイレンは鳴らないんですか？」

何を考えているのか、真音が訊いた。

「鳴るとも。おい、いっちょ鳴らしてやれ」

ピーポーピーポーというサイレンが、鳴り始める。中にいるとあんまり聞こえないものなのだと分った。

「音楽的じゃないわね、この音って」

と、真音は呑気なことを言っている。

「真音……。悪いわね、また巻き込んじゃって」

「いいえ。一人より二人の方が心強いでしょ」

そりゃそうだけど……。

実際、エレベーターの毒蛇、シャワールームへの銃撃に続いて、今度は偽の警官とパトカーと来たら、これはもう怖いというより（もちろん怖いけど）呆れてしまう。

私は別にマフィアの大親分ってわけじゃないのだ。かっさらおうと思えば、こんな手のこんだことをしなくても簡単なはずなのに……。

一体何が待っているんだろう？

私は、ひたすら自分のして来た「いい行い」だけを思い起し、こんな善人が死ぬわけはない、と自分に言い聞かせた。恋愛も結婚も再婚もこれからなのに！

「ね、あかね」

と、真音が言った。

「なに？」

「今度リサイタルやるの。チケット買ってくれる？」

私は面食らって、

「そりゃ……買うけど、何でこんな時に言うの？」

「思い出した時に言っとかないと、忘れそうで」

——やっぱり、この子は黒鍵だわ、と私は思った。


パトカーは——いや、偽のパトカーは、一見要塞みたいな、堂々たる構えの建物の前で、一旦停った。

ずいぶん郊外まで出て来たあげく、山道をぐるぐると回るように上り続けて、大分高い辺りまで来たはずだ。建物の周囲はほとんど森ばかりだった。

鉄の重そうなシャッターがゆっくりと上って、パトカーはその中へ入って行った。まるでクジラの口から呑み込まれていくみたいだわ、と私は思った。

暗い坂を下って、やがてポカッと明るい入口が見えて来た。

車が停ると、私たちは、そこからエレベーターで、たっぷり三階分くらいは上ったようだ。

「さあ、入んな」

と、促(うなが)されて、エレベーターを降りた正面のドアを開ける。

そこには――殺された女たちの死体がズラッと並んで……いたりはしなかった。

「ここ――ディズニーランド？」

と、真音が言ったのは、まあオーバーとしても、やたら広い部屋の床一杯、ＳＬの模型の線路が縦横に広がっていて、そこを、何両ものＳＬが白い煙を出しながら忙しく走り回っているのだった。

私たちが呆気に取られたのも当然といえるだろう。大体、その部屋の広さと来たら、学校の教室の三倍は充分にあったんだから！

「――よく来てくれた」

と、部屋の奥で立ち上った男がいる。「米田あかね君だね」

「そうです」

と、私は少し大きな声で答えた。

そうしなきゃ、声が届かないだろう、と思ったのだ。

「もう一人の子は？」

と、相手が訊いて来る。

「友だちです」

「根津真音です。初めまして」

と、ていねいに挨拶している。

「やあ、小さな名ピアニストだね」

と、その男が言ったので、私はびっくりした。

この男、どうして真音のことを知っているんだろう?

「すまんが、私は米田あかね君と話したい。真音君の方は、隣の部屋で待っていてくれんかね」

いや、とも言えない。真音は、例の偽警官と一緒に、どこかへ姿を消してしまった。

「――さ、こっちへ来てくれ。ちょっと歩きにくいかもしれんが」

確かに歩きにくい。線路をまたいで、鉄橋だの踏切だのをけとばさないように用心して歩くのは、楽じゃなかった。

ゴジラが、何も壊さないように気をつかって歩いてる、という図である。もちろん、私はゴジラよりは可愛い(と思う)。

「――かけてくれ」

間近で見ると、意外に老けた男だった。髪も大分白くなって、それなりに風格がある。

私は、革ばりの、凄い椅子に腰をおろして、咳払いした。

「あんなやり方で来てもらって、すまなかったね」

と、その男は言った。

「どうして私のこと、殺そうとするんですか？」

と、私はズバリ大胆に訊いた。

大胆でも遠慮がちでも、どうせ結果は変らないだろう、と思ったのだ。

「殺す？　——私は君を殺そうとしたことなんかないよ」

と、男は心外という様子で、「君みたいな子供を殺すなんて、とんでもないことだ」

「でも——」

「殺されかけたんだね？」

「ええ……。エレベーターに毒蛇を投げ込まれて」

「何だって？」

「それに学校のシャワールームを狙撃されたんです。今日の午後」

「なるほど。刑事がひどいけがをしたとか」

男は肯いて、「そうか。そのすぐ後に、こんな風に連れて来られたので、同じ犯人と思ったわけだね」

「違うんですか」

「違う。——殺すつもりなら、こんな所まで連れて来なくても、途中の山中に埋めといた方が楽だ。そうだろ?」

「殺される方は楽じゃないと思います」

男は、笑って、

「君はなかなか面白い子だね」

と、言った。

「あなたは?」

「私かね。——風巻(かざまき)というんだ」

「風巻……」

「春風の風と、左巻きの巻。おめでたそうな名前だろ?」

何だか面白いおじさんだわ、と思った。

私が、エレベーターとシャワールームの出来事を詳しく話すと、

「何とも手のこんだことをやったもんだな」

と、風巻というそのおじさんは、首を振った。

「でも、どうしてそんなことに興味があるんですか?」

「うん……。それには少々個人的なわけがあってね」

と、風巻は言葉を濁した。「君は、杉田涼子が殺された時、その長髪の男を見たわ

けだね」

「殺すところを見たわけじゃありません」

「あの部屋を風丈一朗が持っていたことも知ってるね」

「ええ。会いました、風丈一朗とも」

「なるほど、それでね……」

「何がですか？」

風巻は、少し考え込みながら、立ち上って、モーターの音をたてて走り回っている模型のＳＬを眺めていた。

そしてどこでスイッチを切ったのか、一斉にピタリとＳＬが停り、静かになる。

「――いいかね」

と、風巻は私の方を振り返った。「君も見当がついているだろうが、私はあまり合法的な仕事をしていない人間だ。時には、多少手荒な方法を取ることもある。しかし、人殺しまではやらない。中には、平気でやる奴もいるがね」

何となく、気をもたせる口調だった。

「どういう意味ですか？」

「風丈一朗もね、良からぬ商売に手を染めているのだよ」

私はびっくりした。

「風丈一朗が？　だって……あんなに有名な人が何を――」

「有名になると、人間は普通の人に許されないことでも、自分には許されると思い込むことがある。風丈一朗も例外じゃない」

「というと？」

「麻薬に手を出したんだ」

風丈一朗が麻薬を！　私は唖然とした。

「いいかね」

と、風巻は急いで付け加えた。「このことは君の胸の中だけに納めておいてくれ。風丈一朗は、もちろんそんなことを認めはしないし、簡単に尻尾をつかませやしない」

「でも……中毒みたいには見えませんけど、あの人」

「もちろんだ」

と、風巻は言った。「自分では、やらない。奴は、売る立場なんだ」

これはもっとショックだった。

「じゃ――杉田涼子って人が殺されたのも、何か関係が？」

「ないとは思えないね。その長髪の男というのを、私の方で当っているんだ。もし、それらしい男が見付かったら、君に見てほしいんだが、どうかね」

私は戸惑った。

「でも――警察の仕事じゃないんですか、そんなこと」

「ある意味ではね、しかし……」

風巻は、チラッと、真音が出て行ったドアの方へ目をやって、「君の友だちのためには、私が調べた方がいいかもしれないいんだよ」

「友だちって――真音のことですか？」

「そう……。君は気付いてるかね、彼女がある男と付合っていることを」

「真音の……フィアンセのことですか？」

「ああ、山崎とかいう若者だな？　違う違う」

と、風巻は首を振って、「それなら何も心配する必要はない。君の友だちのピアニスト君はね、風丈一朗と付合っているんだ」

「嘘（うそ）！」

と、思わず叫んでいた。

「本当だ。――私はこのところ風丈一朗のことを見張らせているんだ。三日に一度ぐらいの割で、二人は会っている。まだ今は深い関係というところまでいかないが、それは風丈一朗の方が忙しいからで、あの娘の方は、すっかり奴に参っている。いつ、どうなってもおかしくない」

——風巻というこの男が、どこまで信用できるかはともかく、風丈一朗と真音の話は、恐らく本当だろう。

真音が、父親的な男性に憧れているのは分っているし、風丈一朗は正にそのイメージを持った男である。

しかし——どうしたらいいだろう？

私は、とてつもない大きな秘密を一人でかかえ込んで、途方に暮れてしまったのだった……。

「——妙な一日だった」

エレベーターで上りながら、真音が言った。

マンションに、無事、送って来てもらえたのである。

「そうね……」

「でも、何もなくて良かったわ」

「何もなくて？」

「もう遅いわね。——じゃ、おやすみなさい」

「おやすみ……」

八階で降りて、私は足早に廊下を歩いて行った。

頭の中も心の中も混乱していた。――真音、風丈一朗、そして風巻……。

私を殺そうとしたのは、他ならぬ風丈一朗だ、と風巻は言った。でも、なぜ？

私はできることなら、今日一日をビデオテープみたいに、巻き戻し、消してしまいたかった……。

「――ただいま」

と、玄関へ入って行くと、

「あかね！」

と、母が飛び出して来た。

「遅くなってごめんね、色々と――お母さん！」

私は、母がその場で引っくり返るのを見て、あわてて叫んだ。

今日はもう――めちゃくちゃだ！

10　怪しいスタジオ

「あかね」

と、母が言った。「お座りなさい」

お座り！　次は「お手！」とか来るのかと思って、少し心配になった。

母が我が子のことを、犬と間違えるようになったのかと思ったのである。

「お母さん、気分は？」

と、少々こわごわ訊いてみる。

「いいわけがないでしょ」

でも、私のことを心配して引っくり返ったのは昨日のことだし、今日は日曜日で、ゆっくりお昼まで寝ていたし……。

「お父さんと喧嘩でもしたの？」

と、私は訊いてみた。

「何を言うの。お父さんとお母さんは申し分なくうまく行ってます。現にゆうべだってちゃんと――」

　と言いかけて、母は咳払いをした。「そんなことはどうでもいいの。問題はあかね、あんたのことよ」

「でも――」

「こんなに大切にして育てて来たのに、ゆうべみたいに遅く帰って来たりして！」

「だって、それは説明したじゃないの。偽のパトカーにのっけられて――」

「それは、あんたに隙があるからよ」

　そんな無茶な！

「ともかくね。ゆうべ、お父さんとゆっくり愛し合い――いいえ、話し合ったの」

　言い間違えて赤くなったりしているところが可愛い。

「私だって、好きで狙われてるわけじゃないわよ」

「当り前です。でも、あかね、あんたももう十六歳よ」

「そんなの知ってるよ」

「だから、一番いいのは、もうあんたがこの家からいなくなることなの」

「へ？」

　私は頭の天辺から声を出した。どうしてそういう理屈になるの？

「あんたが、あれこれ災難にあうのも、このマンションにいるからだわ。ここから出てしまえば、もうどこへ行ったか、分りっこないし……」

「ちょっと待ってよ！」

と、私が遮って、「出ればって……。私一人が？　それとも三人で引越すの？」

「あんた、両親つきでお嫁に行くつもり？」

「およ――」

私は絶句した！

「十六歳なら、法律的にも結婚できるし、腕っぷしの強そうな人のところへお嫁に行けば、万一の時にも安心だし、ってことになったのよ」

何が「なったのよ」だ！

「冗談じゃないわ！　誰と結婚しろっていうのよ！」

「明日、お父さんが会社へ行ったら、掲示板にあんたの写真と経歴を貼り出すって。応募多数の時は抽選で、外れた人にはティッシュペーパー……」

スーパーの福引じゃない！

「あのね、ともかく、十六歳で見たこともない人と結婚なんて――絶対にいやよ！殺された方がまだましだわ」

「じゃ、アフリカにでも留学する？」

母の発想の突飛なことには、とてもついて行けなかった……。

もちろん、母としては、私の身を心配してくれてのことなのだ。気持は分るけど、いくら何でも——。

私は、ともかく朝昼兼用の食事をしながら何とか母を思い止まらせた。

午後になって、ベッドに引っくり返ってステレオを聞いていると、かの三角刑事がやって来た。

玄関の所で、

「用はありません、帰って下さい」

と、母にやられている。

「いや、お怒りはごもっとも」

と、三角刑事も平謝り。「今後はこういうことのないように……」

「帰らないと、お巡りさんを呼びますよ」

と、当の「お巡りさん」に向って言う母の度胸は大したものである。

「お母さん、失礼よ」

と、何とかなだめて、居間へ上ってもらうと、三角刑事は、汗を拭いて、

「いや、何と言われても仕方ない」

と、首を振った。

「あの人——岩田さんでしたっけ。どうですか、けがは？」

「うん、まああんまり良くはないけどね。君のことを心配していたよ」

「そうですか」

「一日も早く、君の護衛に戻りたい、と言うから、後のことは心配するな、と言っといた」

どうやら、責任感はやたらに強い人のようだ。

母がお茶をいれて来て、

「これが冷めるまでに、お帰り下さい」

と、言って出て行く。

「すみません。母が昨日からカッカしていて」

「いや、こっちの手落ちだ。あのシャワールームの事件の後、誰も代りをやらなかったのが悪いんだからね」

と、三角刑事は言った。「しかし、あの偽パトカーの件は……」

「知ってます？　風巻って人」

「聞いて仰天さ。我々にもなかなか手の出せない大物だ」

と、三角刑事は言って、グッとお茶を飲むと目をむいて、「――苦い！」

きっと、わざと苦いのを出したに違いない。私は赤くなった……。

「――なるほど」

と、三角刑事は、私の話を聞いて肯いた。

「どう思います？　風丈一朗が、本当に麻薬を――」

「何とも言えないね。私の担当はそっちの方じゃない」

と、三角刑事は首を振って、「しかし、早速内偵を進めるように話すよ。確かにああいう世界では、珍しい話じゃないが……。売っている、となると話は全然別だ」

「そうですね。あの殺された女の人、杉田涼子のことも、それと関係があるかもしれないって、風巻って人が言ってました」

「風巻だって、そういばれた奴じゃない。どこまで信用していいか、だね」

と、三角刑事は言ってから、「しかし、なぜ君をわざわざそんな手のこんだやり方で誘拐したのかな。――いや、誘拐罪で訴えることも、できないではないんだが」

「でも、ちゃんと送って来てくれたし……」

「まあ、立証は難しい。ここは、向うの出方を見た方がいいかもしれないね」

私は、三角刑事に、「何もかも」話したわけじゃなかった。

風巻の言った、風丈一朗と真音の関係については、黙っていたのである。――話すべきじゃない、という気持があったからだ。

真音が、風丈一朗に騙されているのだとしても、それを真正面から当人に言って、納得させられるとは思えない。

「今日は出かけるかね？」

と、三角刑事が言った。

「いえ、別に……」

「じゃ、明日の朝から、また別の刑事をよこすよ。ちゃんと証明書を見せるようにするから」

「今度は、けがしない人にして下さいね」

と、私は無茶なことを言った……。


「出かける予定がない」というのは、必ずしも「出かけない」ことを意味しない。

父が仕事で（日曜日だっていうのに！）出かけ、母も買物に出た夕方のこと。

チャイムが鳴って、出てみると真音が立っていたのだ。

「——まあ、上れば？」

「出かけるところなの」

と、真音は確かに、少々お洒落(しゃれ)をしている感じである。

「デートかな？　あの山崎君って子と？」

「え？　まあ……。そう。そうなの」

と、真音は肯いた。「あの、ゆうべお願いしたチケットを持って来たんだけど」

私なんか、すっかり忘れていた。

「お代はいつでも」

と、後払いってことにしてもらって、五枚も買い込んでしまった。

「じゃ、出かけるから。また明日」

「うん。行ってらっしゃい」

私は、真音を送り出したが……。

気になった。――あの話しぶりからして、山崎哲夫と会うのでないのは確かだ。すると、風丈一朗と？

私は、風巻が、風丈一朗と真音は、いつ深い仲になってもおかしくない、と言っていたことを思い出した。

もちろん、真音が誰を好きになっても自由ではあるけれど、万一、風丈一朗が殺人犯なんてことになったら……。

私は、奥へ駆けて行くと、お財布をつかんで、玄関から飛び出した。――もういないかしら？

一階でエレベーターを降りると、マンションを出て、真音が右へも左へも行かず、正面の、向いのマンションへと入って行くのが見えた。じゃ、あの部屋で風丈一朗と会うんだろうか？

いや――そうじゃなかった。

見ていると、真音は誰かと一緒に、マンションから出て来たのだ。

若い男……。でも、山崎哲夫じゃない。無造作にジャンパーをはおったその男に、私は何だか見憶(みおぼ)えがあるような気がしてならなかったが。

でも、どこで見たのかは、思い出せない。

その男がタクシーを停めた。そして、真音を先にして二人でタクシーに乗り込む。

どこへ行くんだろう。

私は、そのタクシーが走り出すのを、見送っていたが……。

ふと、ある記憶がよみがえって来た。

今、あの若い男がタクシーを停めた、あの手つき。――人は、それぞれタクシーを停めるのにも、合図の仕方が違うものだ。

今の、あの手の上げ方を、前に見たことがあるような気がしたのである。

そうだ！　私は一瞬、顔から血の気のひく思いがした。

あの殺人のあった夜、私はベランダから、若い男がタクシーに乗って走り去るのを見ていた。髪は長かったような気がしたが、あの時の若い男と、今、真音と一緒の男が、同じ人間のように思えたのである。

まさか！　それじゃ、もしかしたら真音は殺人犯と――。

私は、無意識の内に駆け出していた。道の反対側へ渡り、やって来た空車を、夢中になって停めていたのだ。

六本木辺りの裏通り。――よく、あのタクシーを見失いもせずに、ついて来れたものだ。

私は、運転手さんに少し余分に（といっても百円ぐらい）お金を渡して、タクシーを降りた。

〈Ｐスタジオ〉

入口のパネルには、そうあった。

そう大きなビルじゃない。いわゆる貸スタジオのようで、人の姿は入口辺りにはなかった。

真音はどこに行ったんだろう？

もちろん、ここはいろんなミュージシャンが利用するのだろうから、風丈一朗がここで真音を誘惑するとは思えない。

私は、入口で、しばらく耳を澄ました。

すると――何だか遠くからドラムを叩くような音が聞こえて来た。

地下かな？　階段に〈Ｂ１スタジオ〉という矢印がある。

ともかく行ってみよう。私は足音を忍ばせて、階段を下りて行った。

廊下があり、コーラやジュースの自動販売機が並んでいる。そして歩いて行くと、いくつかドアがあって……。

不意にドアが開いて、さっき真音と一緒だった若い男が出て来た。ギョッとしたが、何とか笑顔を作って、

「あの……こんにちは」

と、言ってみる。

「誰だい？」

と、その男は、いぶかしげに言った。

ごまかしようもない。仕方なく正直に、

「あの——私、根津真音の友だちなんですけど」

と、言ってみる。

「誰だって？」

「根津真音。あの——ピアノの上手な子です」

「知らないね、そんな子。さ、仕事中だ。邪魔しないで帰って」

取りつくしまもない、という感じ。

しかし、さっきの男に間違いないのだ。

「でも……ここだって聞いて来たんですけど」

と、私は言った。「中へ入っていいですか？」

「だめだめ！　今、大事な録音の最中だよ」

と、追い立てられるようにして、私は階段を上り、外へ出た。

「――怪しい！」

もしや、真音はあの地下のスタジオで、風丈一朗のえじきになっているのかもしれない。

そう心配しだすと、本当にそれに違いないと思えて来る。

私は、どこか入口はないかと、ビルの周囲を回ってみることにした……。

11　二対一のデート

私は三べん回って、

「ワン」

と、言った。

ご心配なく。別に頭がおかしくなったわけじゃない。単に「頭に来た！」だけなのである。

何に頭に来たのか、と言えば――〈Ｐスタジオ〉へ入った（らしい）真音を捜そうと、何とか地下のスタジオに潜り込めないかと思った私は、スタジオの入っているビルの周囲を、ぐるっと回ってみたのだ。

でも、サスペンス映画の中でなら必ずあるはずの〈通気孔〉とか、〈鍵のこわれた窓〉とか、要するにこっそり忍び込めそうな所は、一つも見当らなかった。そしてとうとう三回もビルの周囲を回ってしまい、腹が立って、

「ワン」

と言ってしまった、というわけだった。

でも、考えてみれば、私みたいな素人（？）が簡単に入れたら、泥棒に「どうぞお入り下さい」と言ってるようなもんだ。そんなビル、どこを捜したってないだろう。

足のくたびれた私は、どこか座るところはないか、と周囲を見回した。

「あれがいいや」

段ボールがいくつか積み上げてある。そこへ行って、フーッと息をつきながら、私は腰をおろした。

とたんに——箱の中が空っぽだとは、思いもしなかった——私は後ろ向きに引っくり返り、頭からその段ボールの中へ、落っこちてしまっていた。

「いた……。いたた……」

逆立ちしている格好になって、私は焦った。このまま封をされて宅急便でどこかの王様の所へでも送られたら……。王様のハーレムにでも入れられて、〈三十六番目の夫人〉とかにさせられちゃうかも……。

妙なことを考えたのは、今朝、母から「嫁に行け」なんて言われたからだろう。

ともかく、この箱から出たい！　必死で足をバタバタやっていると、箱がゆっくりと傾き、ドシンと倒れた。

私はやっと外へ転(ころ)がり出たのだった。

「ああ、びっくりした!」

と、尻(しり)もちをついたままの状態で、息をついていると、

「あら、あかね」

と、声がした。「何してるの、こんな所で?」

びっくりして顔を上げると、何と、真音が不思議そうな顔をして立っている。

「真音、あんた……」

「え?」

「生きてたの」

「うん」

と、真音は肯いて、「おかげさまで」

こっちもわけが分らなかったけど、真音の方はもっとわけが分らなかっただろう。

「あのね、私、その――」

と、言いかけたが、私としても、この状況を充分に説明できる自信は、全くなかった。

仕方ない。ここは当って砕けろ。本当のことを言うのだ!

「真音。あんた、風丈一朗に会いに来たんでしょ」

と、私はズバリと言った。

当然、真音がむきになって否定するか、うろたえるか、と思いきや——。

「うん」

と、あっさり肯いたので、こっちが拍子抜けしてしまった。

真音は、パッとひらめいた様子で、

「あ、なあんだ」

と、笑顔になって、「じゃ、あかねも呼ばれてたの？　だったら一緒に来れば良かったわね！」

「そ、そうね……」

と、私は曖昧に笑うしかなかった。

「早目にタクシーで着いたんだけど、風丈一朗さんはまだみえてないらしいの。だから、この辺、少しぶらついてみようかな、とか思って……。あかねも今着いたの？」

真音は、引っくり返った段ボールを見て、「——その箱で来たの？」

と、訊いた。

「違うわよ」

と、私は言った。「荷物じゃあるまいし」

「でも——」

と、真音が言いかけると、

「やあ、待ったかい？」

と、聞いたことのある声がした。

風丈一朗が、やって来るところだった。そして、私がいるのに気付くと、一瞬おや、という表情になったが……。

「二人で来たのか。仲がいいんだね、君たちは」

と、風丈一朗は微笑んだ。「遅れて悪かったね。車で来たら、道が混んでて、なかなか進まなくて苛々したよ」

「いいんですか、お仕事のお邪魔して」

と、真音は言った。

「構わないとも。さ、中へ入ってくれ」

風丈一朗は私たちを促して、〈Pスタジオ〉の中へと入った。

でも私は——まあ、まだ年齢が若いこともあるし、人を見る目に、それほど自信があるわけじゃないが、風丈一朗が私に気付いた時、一瞬、その顔が歪んだことは、断言してもいい。

畜生！　どうしてこんな奴が一緒にいるんだ！

その顔は、そう語っていたのである。

タクシーは六本木の交差点の渋滞で、のろのろと動いていた。

「楽しかったわ。ねえ、あかね？」

と、真音は無邪気に喜んでいる。

確かに、「楽しくなかったのか」と訊かれりゃ、「そんなことない」と答えないわけにはいかないだろう。

珍しい、ミュージシャンのレコーディング風景を見学させてもらい、それから夕食を六本木のレストランでごちそうになり——しかも、その店には芸能人が四人も来ていた！　——帰りはちゃんとタクシーに乗せてくれて、その料金までチケットで払ってくれた、となれば……。

文句の言いようもない、というものだ。

でも——呑気にしてはいられない。

おそらく、風丈一朗は、真音と二人きりになるつもりでいた。そして、きっと真音をどこかへ誘い出して——。

「ねえ、真音」

と、私は相変らずのろのろ走っているタクシーの中で、言った。「私、何だかあんたと風さんのこと、邪魔したようね」

「あら、どうして？　凪さん、凄く上機嫌だったじゃないの」

「どうかしら。あんた、凪さんとお付合いしてるの？」

「お付合いってほどでもないわ」

と、真音は相変らずおっとりしたもので、「私のリサイタルに来て下さったの。それで、お礼の電話をしたら、今日、あそこでレコーディングがあるけど、来ないか、って……」

「真音のリサイタルに？」

「そう。ピアノが好きだって、前にも話してくれたじゃない」

「そりゃ憶えてるけど」

「今度のチケットもね、買ってくれたの」

と、真音は微笑んだ。「三枚」

「何だ。たった？　私、五枚よ。まだ払ってないけど」

「あ、そうじゃなかった。三百枚だったわ」

「三百――」

私は目を丸くした。「三百枚？　一体どうやって三百席も埋める気なの？」

「知らないけど、『僕は顔が広いから』って言ってたわ」

「いくら広いっていっても、東京ドームほどじゃないでしょ」

と、私は言ってやった。

三百枚といえば、結構な金額である。風丈一朗は、それで真音に恩を売ろうとしたのに違いない。

「あんたのお母さんは知ってるの？」

と、私は訊いた。

「うん。『音楽家にはパトロンが必要なんだから、うんとふんだくってらっしゃい』って」

子供が子供なら、親も親！　私にはとてもついて行けなかった。

「でもねえ、真音」

と、私は言った。「あんた、自分じゃ子供だと思ってるかもしれないけど、もう十六歳よ。男の人と二人きりになるってのは、用心した方がいいわよ」

遠回しに言ってみたが、真音の方はキョトンとして、

「どうして？」

と、訊いている。

この子。――本当に〈黒鍵（こっけん）〉だね、と私は改めてため息をついた。

「ああ」

と、間を置いてから、真音は肯いて、「そういうことね。でも、大丈夫。あの人、

紳士よ」

「そりゃそうだろうけど、世間体ってものがあるわよ」

と、私は母みたいなことを言い出した。「大体ね、こんな時間まで六本木に――」

そう言いかけて……青くなったのは私だった……。

「どうかした?」

と、真音が不思議そうに訊いた。

私は――何も言わないで、家から真音の後を追って出てしまった。そして、家に電話一本入れていないのだ。

母が何と言うか……。

タクシーがマンションに着き、私と真音はエレベーターに乗った。

「でもねえ、あかね」

と、エレベーターの中で、真音が言った。

「うん?」

「私、風さんとなら、そういうことになってもいいなあ」

「真音!」

「あの人、男らしくてデリケートで、すてきよ」

「そうかもしれないけど……」

私は、半ば宙を見て、焦点の定まっていない真音の目の輝きを、ため息をつきながら、見ていた。何を言ってもだめだろう。

八階でエレベーターを降り、何とも重い気分で、玄関のドアをそっと開け、

「――ただいま」

と、声をかけると、

「あら」

母が、大してびっくりしてもいない様子で出て来た。「帰ったの？」

「うん、ごめんね。急な用事で……。ね、その格好、どこかでお葬式？」

母は黒のスーツを着ていたのだ。

「あんたの写真、どれがいいかしらね」

「私の写真？」

「そう。お葬式に使えるのって少ないんだよね」

私は面食らって、

「どうしてお葬式に私の写真がいるの？」

「そりゃ、あんたのお葬式だもん」

「お母さん！　しっかりしてよ！」

と、私は焦って母にしがみついた。「私は死んでないわよ！」

「分ってるわよ」

と言うと、母は笑って、

「少しはドキッとさせてやんなきゃね」

今度は私がヘナヘナと座り込んでしまう番だった……。

翌日は九日。――明日は体育祭というので、「ゆっくり体を休めておくように」との先生からのお達しがあった。

ともかく、今日は軽いランニングと、リレーでのバトンの受け渡しの練習をしただけでおしまい。

体育祭のおかげで、明日の休みは潰れるわけだが。その次の日は「代休」。

みんなの関心は、体育祭を通過して、その次の日に、どこへ遊びに行こうか、という点に集中していた。

私は明日のリレーで必死に走ると、その翌日はくたびれて寝てる――なんて、とんでもない！

どこかへ遊びに出てやらなきゃ、と心に決めていた。

真音は、ピアノの先生のところへ行くとかで、先に帰っていて、私が一人、校門を出ようとすると、

「あかね！　――あかね！」

と、大声で呼びながら追いかけて来たのは加東希代子。

「何よ。大安売りじゃないのよ、私の」

「そんな呑気なこと言ってる場合じゃないって！　これ、見た？」

と、希代子がぐいと突きつけたのが、たいていい電車の中で、おじさんたちが見ている写真週刊誌。あのペラペラのやつである。

「これがどうかしたの？」

「これ見て」

表紙の文字を、希代子が指さす。――〈風丈一朗の危い交際？　女子高生とのロマンチックな夜！〉とある。

まさか……。

私は急いでページをめくった。

風丈一朗が、ガラスばりのレストランで食事しているのを、表からとった写真。――向い合っている女の子の姿は、ややピントの甘い写真ではあったが、はっきりと見分けられた。

真音だ。――キャプションを見ると、名前も出ている。

〈有望な新進ピアニスト〉と書かれていた。

「――どうなると思う？」

と、希代子が言った。

私はただ、黙って首を振るだけだった……。

12　即席会見

「あれ、何？」

と、思わず私は言った。「何の騒ぎなの？」

「やっぱりねえ」

と、加東希代子は得たり、と肯いて、「こんなことだろうと思ったから、ついて来たんだ」

「じゃあ……」

「そうよ。あの写真が効いてるのよ」

――風丈一朗と真音が一緒にいる写真が、写真週刊誌にのったと知って、びっくりした私は、なぜかついて来ると言ってきかない希代子と二人で、マンションまで帰って来たところだった。

いや、二人じゃない、三人だ。――あの、けがをした岩田刑事の代りに、何だかえらく地味で面白くも何ともない中年の刑事が、ガード役について歩いているのだ。

もちろん、「面白い人」よりも、しっかり守ってくれる人の方がありがたい、ってのは、分ってるんだけれど。

「それにしても凄いや」

と、私は呆れて言った。

マンションの前は黒山の人だかり――というのは古い言い方だが、TV局やら新聞記者とカメラマンの取り合せが、一体何十人いるだろう?

あれはどう見たって、〈風丈一朗の恋人〉の高校生、つまり、真音を取材に来ているのに違いない。

「どうする?」

と、希代子が言った。

「どうするって……。別に私たちが取材されるわけじゃないんだから、いいじゃないの」

と、私は言った。「私は家へ帰るだけよ」

「真音、何時ごろ帰って来るのかなあ」

「聞いてないけど……。どうしたって、捕まっちゃうね。あの子じゃ」

「ね。訊かれて、何しゃべるか分んないよ、あの子」

「何せ〈黒鍵〉だもんね」

と、私も肯いた。

しかし——ともかくこっちだって、いつまでも外で突っ立っているわけにはいかない。

「入ろう。——希代子、どうする？　上ってく？」

「真音とマスコミのやりとりを見ないって手はない」

「野次馬ね」

「悪いか」

と、二人で歩き出そうとすると、

「ちょっと待って」

と、そばにいた刑事が私たちを止めた。「あの中に、記者に変装した殺し屋が混っていたら、大変だ。一旦遠ざけるから、ここにいて」

ごていねいなことで……。私は、おかげで相当なＶＩＰの気分で、マンションの中へと入って行った。

ここに集まって来ている記者たちは、もちろん私が何者か知らないのだが、刑事がガードしてるくらいだから、よほどの重要人物と思ったんだろう。中には写真をとったり、ＴＶカメラを向けるのもいて、こっちも、ちょっとしたスター気分。

「——なかなか悪くないね」

と、希代子が囁いた。

すると、背後の記者たちの中から、

「あの子じゃないだろ？」

という声が聞こえて来た。

「違う違う。あの子はもっと可愛いよ」

と、返事をした奴がいる！

私と希代子は二人して、ムッとすると、振り向いて、ジロリとにらみつけてやったのだった。

私たちは刑事と三人でエレベーターに乗った。

「私、一旦九階へ行って、真音のお母さんに下の様子を教えておくわ」

と、私は言った。

「それがいいかもね」

九階まで上り、〈九〇二〉のチャイムを鳴らすと、すぐに根津久美子が顔を出した。

「あら、あかねさん。真音、まだ帰ってないけど……」

「知ってます」

と、私は、あの写真週刊誌を取り出して、「あの――これ、ご覧になりました？」

「ええ。同じピアノの先生についてたお友だちの方がね、電話で知らせて下さったのよ」

「びっくりですね。今、このマンションの下、凄いんですよ」

「凄い？」

「この件の取材が山ほど……。何十人も、真音の帰るのを待ち構えてます」

「まあ」

と、根津久美子は目を丸くした。「知らなかったわ」

「真音、つかまると大変ですよ」

「ありがとう。私がうまくやるわ。本当にありがとう」

と、あわてて奥へ入って行く。

私たちは八階へ下りて、部屋へ入った。

刑事さんの方は、マンションのロビーで、警戒に当る。

「何かあったら、これを鳴らして」

と、私に小さなボタンのついた発信機をくれた。「このボタンを押すと、私のポケットのベルが鳴る。そしたら飛んで来るからね」

「分りました」

――私と希代子は、部屋へ上って、

「でも、これ押して、一階からここまで上って来る間に、殺されそうな気がするね」

と、私は言った。

「同感。ま、その時は諦(あきら)めるんだね」

「人のことだと思って!」

と、私は笑った。

「——ね、どう?」

と、私は言った。

「まだみたい」

と希代子がベランダから答える。「真音、何やってんのかなあ」

「そんなに、こっちの都合に合せて帰って来ちゃくれないわよ」

と、私は言った。「ね、紅茶飲んだら? 冷めるよ」

「うん……」

と、希代子は下の通りの方を気にしながら戻って来た。

もう一時間以上も待っているのだが、真音は帰って来ない。

「でもさ」

と、希代子は紅茶を飲みながら言った。「ああいう人たちも、忍耐強いのね。感心しちゃう」

もちろん、下で待ちうける報道陣のことである。

「ま、仕事だもんね」

と、私は言った。「あれ？　誰か来た」

玄関のチャイムが鳴った。

母は買物に出ているので、私は立って行って、インタホンに出た。

「あの、〈週刊――〉の者です」

と、若い男の声がした。

「何かご用ですか」

「根津真音さんのことで、ちょっと話を聞きたいんですけど」

「別にお話しすること、ありませんけど」

と、私は言ってやった。

希代子がそばに来て、

「誰？」

「週刊誌。――あの、お引きとり願えませんか？」

「何か聞いて帰らないと……。もう時間がないんです。何とか一言でも……」

「可哀そうじゃない」

と、希代子が言った。「話ぐらい、聞いてあげれば？」

「だけど——」

と、ためらって、私は肩をすくめ、「ちょっと待って下さい」

「もしかすると、あかねの写真も出るかもよ」

「よしてよ」

玄関のドアを開けると、えらく若い——たぶん、二十三、四の男の人が立っていた。少し髪を長めにして、なかなかセンスのいいジャケットを着ている。二枚目ってほどでもないが、まあ、二・五枚目くらいではある。

「すみません。〈週刊——〉の浅井といいます」

と、名刺を出し、「これ、身分証です。下の刑事さんに言われて」

「ご苦労様」

と、私は言ってやった。「でも、大してお役に立たないと思いますけど」

「でも、同じ学校ですって？　何か、根津真音さんのエピソードとか、ありません？」

エピソード、ねえ。エピソードといやあ、私の方がぐっとドラマチックである。

「あの子、ニックネームが〈黒鍵〉なんですよ」

と、希代子が言った。

「〈黒鍵〉？　ピアノの黒い鍵のことですか」

「ええ」

希代子が、その名のいわれを話してやると、その浅井という記者、

「やあ、そりゃ面白いや！」

と、喜んでメモを取った。「じゃ、少し浮世ばなれしたところがあるってわけですね」

少しどころじゃないけどね、と私は心の中で呟いた。

その時、何だか下の通りでワーッとざわめきが起った。玄関まで聞こえて来るんだから、相当な騒ぎなのだろう。

「あ、帰って来たのかも」

「いけね！　じゃ、どうも！」

浅井という若者、バタバタと駆け出して行った。

「せっかちねえ」

と、希代子が呆れたように言った。

「私たちも行く？」

「もちろん！」

というわけで……。二人して、エレベーターで下りると、ロビーは、大騒ぎだった。

「ちょっとこっちを！」

「ね、笑って下さい！」

「何か一言！」

と、声が飛び交っていて、一体どうすりゃいいの、と言いたくなるくらい。

「真音、どこなんだろう？」

と、私は大声で言った。

普通の声じゃ、とても聞こえないのである。

「あの人垣の中じゃない？」

小柄な真音は、すっかり人の波間に埋れてしまっている。私たちも、突っ立って見ているしかなかった。

その時――。

「静かに！」

と、甲高い声が響きわたった。「静かにして下さい！」

誰の声だろう？　――その甲高い声は、さしもの騒ぎを徐々にしずめて行った。

「お静かに！　――ちゃんと、秩序正しい取材をして下さい！」

真音のお母さんだ！

「離れて！　――真音はとてもデリケートな神経の子なんです。怯えてしまったら、話なんかできませんよ！」

かなり凄味のある声に、取材の記者たちも、おとなしく従って、ザワザワと後ずさりした。

やっと、真音が現われた。――しっかりと鞄と楽譜の入ったバッグを抱きしめて、目を大きく見開いて、棒立ちになっている。

根津久美子は、娘の前に立ちはだかると、

「私はこの子の母親です。娘は、将来有望なピアニストなんですよ。取材は結構！　ただし、私の許可を得ていただきます！」

と、堂々と宣言した。

「風丈一朗との関係は？」

と、誰かが訊いた。

すると、根津久美子は、キッとそっちをにらんで、

「私の許可を得てから、と言ったでしょ！」

と、一喝（いっかつ）した。

「すみません」

と、相手は謝った。

「取材なさるのなら、条件があります」

と、真音の母親は言った。「今度の真音のリサイタルのチケットを、最低十枚は買うこと！　それがいやなら、お断りします」

私は唖然とした。——凄いや、このお母さん！

「十枚も？」

と、文句が出た。

「じゃ、あんたは帰って下さい。——真音」

「うん」

「そこのソファに座って。——さ、みなさん、一旦外へ出て！　出て下さい！」

と、報道陣をロビーから追い立てるようにして出してしまうと、「真音。チケット十枚以上買うと言った人を順番に中へ入れるから、話をするのよ」

「でも……。何て言えばいいの？」

と、真音は心細そうである。

「風さんのことは、応援して下さってるだけです、と言うの。分った？」

「ええ」

「それと、必ずリサイタルの日時と会場を、記事の中へ入れさせるのよ。分った？」

「でも……。お母さんが言ってよ」

「ちゃんと、それぐらいのこと……。あ、あかねさん」

と、私に気付いて、「あかねさん！　真音のそばについててやって下さいね」

「はあ」

「真音。大丈夫よ。言いにくいことは、ちゃんとあかねさんが答えてくれるから」

——冗談じゃない！

私は焦ったが、真音の母親は、もうさっさと外へ出て、

「はい！　十枚以上買う人は？」

と、報道陣に呼びかけているのだった……。

13　内緒の話

私がロビーでのびていると、

「あら、あかね」

と、声がした。

母が買物から帰って来たのだ。

「お帰り……」

と、私は辛うじて声を出した。

「何してるの、こんな所で？」

「のびてるの」

と、私は正直に言った。

とてもじゃないが、母にここでの一部始終を説明する元気はない。

もちろん、もう「記者会見」は終って、ロビーに記者たちの姿はない。そして、真音も母親に連れられて、部屋へ上って行っていた。

希代子も、遅くなるとまずいから、と帰って行き、結局、私は一人でこのロビーに残っていたのである。

何だか馬鹿みたい、と我ながら思った。しかし――やっぱり馬鹿みたいである。

「どうしてのびてるの？」

と、母は言った。「自分のベッドででも、のびてればいいじゃない」

「そこまで行く元気がないの」

「あら、そう。――じゃ、この荷物、運んでくれる？」

「どういう理屈？」

と、私は母をにらんだが、それでも渋々立ち上って、母の荷物を、両手にさげた。

「――真音の所に大勢記者が押しかけて、凄かったの」

と、エレベーターの中で、私は言った。

「へえ。でも、あんたの所に来たわけじゃないんでしょ」

「でも、私が答えたの、たいていのことには」

「どうして？」

「どうしても」

何とも実りのない会話であった。

そうそう。――あの刑事さんは、あんまり凄い人なので、ロビーを出て、表の車の中で待機していたのである。決して、さぼっているわけではなかった。

でも、それにしたって——あの真音のお母さんは凄い！

その場で真音のリサイタルのチケットを現金払いで売りつけ（カードは認めない、と言った）、結局、何百枚かさばいてしまったらしい。

おかげで、記者の一人ずつを相手に、何度も同じ質問に答えるはめになって、真音も私もクタクタ。

大体、はきはきしているとはとても言えない真音である。何を訊かれても、

「ええと……そうですね……まあ……」

と、やっている。

真音にしゃべらせていたら、たぶん真夜中になっても、記者会見は終っていなかっただろう。結局私が、風丈一朗との関係などについて、せっせと釈明してやらなくてはならなかったのである。

まあ、この一件で、一気に真音の名が世間に知れ渡ったのは事実だろう。リサイタルも満員になるかもしれない。

——母が夕食の仕度をしている間、私はベッドに引っくり返っていた。

さっきの「労働」に関して、少しバイト代を請求すべきかどうか、考えていたのだ。

あのお母さんが相手じゃ、うまくごまかされそうだけど。

玄関のチャイムが鳴った。

「あかね！　ちょっと出て」

と、母が大声で言った。

「はあい」

もう、人をこき使って……。ブツブツ言って、インタホンに出ると、

「あの――〈週刊――〉の浅井といいます」

さっきここへやって来た、若い記者だ。

「何か……」

「ちょっとお願いが」

仕方ない、私は玄関へ出て行った。

「先ほどはどうも」

と、浅井というその若い記者は言った。

「もう話すことありませんよ」

と、私は言った。「ちゃんとインタビューしたでしょ」

「ええ、そりゃそうなんですけど」

と、頭をかいている。

「もう、〈取っておきのエピソード〉なんてありません」

「いや、そうじゃないんですよ」

「じゃ、何のご用？」

「実は……」

と、浅井は、ジャンパーのポケットから、さっき真音の母が売りつけた、リサイタルのチケットを何枚か取り出し、「これ、何枚でもいいんだけど、買ってもらえません？」

私は唖然とした……。

「じゃあ――有金全部、このチケットに使ったんですか？」

私は呆れて言った。

浅井は黙って肯いた。――別に、無口になったのではない。一緒に夕ご飯を食べていて、それも凄い勢いで食べているので、しゃべれないのである。

「まあ、ずいぶんお腹が空いてらっしゃるのね」

と、母が言った。

何しろ、もう四杯目！　――父が帰って来ても、たぶん食べるものは残っていないだろう。

「どうも……。すみません」

と、お茶をガブ飲みして、やっと落ちついた様子の浅井が言った。「昨日から、何も食べてなかったもんで」

「どうしてまた——」

「ずっと仕事で、会社へ戻ってないんです。給料もらってないもんで、財布が空っぽで」

と、浅井は頭をかいて、「残ったなけなしのお金で、あのチケットを……」

「それはお気の毒ねえ」

と、母が言った。

「でも、最低十枚と言われたのを、何とか六枚で勘弁してもらいました」

その代り、真音と会う時間は、三分しか許されなかったのだ。全く、あのお母さんは大したもんだ！

「それで、マンション出て、会社へ行こうと思ったら……。電車賃もなくなっているのに気付いて」

「情ないわね」

と、私は笑ってしまった。「じゃ、電車賃貸してあげるわ」

「すみません」

と、浅井はすっかり恐縮している。

「だけど、風丈一朗と、真音の写真をスクープしたのは誰なのかしら？」

と、私は言った。「あなた、知ってます？」

「いや、さっぱり。ともかく、昨日までアマゾンに行ってたんです」

「アマゾン？　南米の？」

「そうです。で、今朝成田に着いて電話したら、ここへ取材に行け、と言われて」

「むちゃくちゃね」

「根津真音って子が、ピアニストだってことも、さっき初めて知ったんです」

浅井はチケットを眺めて、「でも……行ってみようかなあ」

「取材に？」

「それもあるけど……。あの子の可愛さに胸がこう、キュッと……。初恋の時みたいだった」

浅井はポーッとした表情になって、「あの子のブロマイド、売ってますかね」

「知りません」

と、私は冷たく言ってやった。「あのお母さんにお願いすれば、ポートレートくれるかもしれませんよ。運動場くらい大きなやつを」

「そうですね！　よし、頼んでみよう」

と、本気である。

「きっと高いと思いますよ」

「月給もらってからにしよう」

と、浅井は言った。「明日、この夕食代をお返しにあがります」

「あら、いいんですよ」

と、母が言った。

「しかし……。こんなに一人で食べちまって――」

「それほど家も困ってませんわ。それに明日はあかねの体育祭で、留守してますし」

「そうか。十月十日ですもんね」

と、浅井は肯いた。

そして――ふと、気付いた様子。

「あの――ということは、彼女も、体育祭ですか」

「真音？　ええ、もちろん。同じ学校なんですもの」

「じゃ――彼女が体操着で、足を出して？」

何やら目がギラついて来る。

「あのね、女子校ですよ！　変なこと考えないで！　叩き出されますよ」

と言ってやったが、一向に耳には入らない様子で、

「そうか……。青空の下、彼女の明るい笑顔が輝くんだ」

こりゃ、とてもじゃないけど、まともな記事なんか書けそうにない。

何はともあれ、お引き取り願うことにして、玄関から送り出し、ホッと一息。

「――妙な奴ばっかり」

とダイニングへ戻って言うと、

「あんただって、人のこと言えないでしょ」

と、母が笑って言った。

「そりゃまあ……」

しかし、真音と風丈一朗の仲が、ある程度知られて来ると、却って、危険は少なくなるかもしれない。

風丈一朗は何といっても有名で、みんなに顔も知られている。真音を、こっそりどこかへ連れ出そうとしても、難しいだろう。

もし、風丈一朗が殺人犯だとしたら……。逆に捜査はやりにくくなるかもしれない。

「あら、また誰か」

と、母が言った。

今度は玄関のドアを叩く音がする。

「――はい」

と、声をかけると、

「真音ですけど」

「あ、なあんだ。——入んなよ」

と、ドアを開ける。

「ちょっと、お話があるの」

真音は、いやに真剣な表情で言った。

「じゃ——私の部屋に」

「ええ」

私は真音を自分の部屋へ入れて、ドアを閉めると、
と、言った。

「さっきは凄かったね」

「ごめんなさい。母があんなことするから、迷惑かけちゃって」

「いいのよ。何事も経験」

と、私は笑って、「大分、チケットがさばけたでしょ」

「もう席の倍くらい、売ってるんじゃないかしら」

と、真音は苦笑した。

「で、話って？」

「あのね——明日、体育祭でしょ」

「うん」

「あさってが代休。代休の日、あかね、何か用事ある？」

「用事って……。別にないけど、たぶん、出かけるんじゃない？」

「私も出かけたいの」

と、真音が身をのり出す。

「出かければ？」

「凪さんと」

私は、ぐっと詰った。凪丈一朗と、こんな時に？

「私、誘われてるの。明日の夜から出かけようって」

「待ってよ。——明日の夜？」

「ええ、どこかの湖に、って」

「明日の夜……。つまり、泊りがけ？」

「そういうことなの」

私は唖然とした。

「でも——ちょっと、まずいんじゃない？　だって、あんな騒ぎになったばかりで……」

「でも、この機会を逃したら、いつ行けるか判らないでしょ」

「お母さんは、知ってるの？」

真音は、ちょっと目を伏せて、

「泊りがけはだめよ、って」

「そりゃそうよ」

「でも――私、あの人と、どうなってもいいの」

真音の目から、涙がこぼれた。――まあ、思い詰めると、こういうタイプの子は……。

「で、私にどうしろっていうの？」

「あかねと二人で、どこかへ行くことにしたいの。それなら、母もだめとは言わないわ」

「待ってよ」

と、私はあわてて言った。「じゃ、私がアリバイ作りをやるの？」

「恩に着るわ！　リサイタルのチケット、百枚あげる」

「一枚ありゃ充分」

私は首を振って、「だめよ。そんなことできないわ」

「どうしても？」

「当り前でしょ。いくら友だちだって」

「分ったわ」

真音は、立ち上ると、ベランダへ出る戸を開けた。そして――ベランダへ出て行くと、手すりをのりこえようと……。

「ちょっと！」

私はあわてて駆け寄り、「何するのよ！」

と、真音を抱き止めた。

「死なせて」

「馬鹿言わないで！」

私は、真音を部屋の中へ引っ張り込むと、「――全く、もう！」

と、息をついた。

「ね、やってくれる？」

真音の方がずっと落ちついている。

私は、ため息をついて、ベッドに引っくり返った。

14　見物人

「皆さん、今日はすばらしい天気に恵まれ……全生徒が力を合せて……大いに期待して……」

校長先生の〈開会の言葉〉がとぎれとぎれだったのは、別に原稿を虫が食ってしまったからではない。列の後ろの方に並んでいた私の耳まで、その声は辛うじて届いて来るだけだったので、部分的にしか聞き取れなかったのである。

それは校長先生の声が小さいせいではなかった。生徒たちが、やたらに騒がしいからなのだ。

「――各自、自分たちのクラスの席へ座りなさい！」

女の先生の甲高い声が、騒音の中を貫いて聞こえた。「はい、かけ足！」

テープで、威勢のいい行進曲が流れたのだが……。生徒たちの方は、

「こんな時に走っちゃ、疲れちゃう」

「ねーえ」

「貧血起したら、お弁当食べらんなくなっちゃう」

「そうだ、そうだ」

というわけで、みんなのんびりと歩いて行く。

先生の方も、まあ期待はしていなかっただろう。

さて――今日は十月十日！　体育祭の当日である。

校長先生の話にもあったが、まるで特別注文したような上天気。快晴の空に、風は乾いて爽(さわ)やか、と来れば、少々できすぎで、気恥ずかしくなるようだった。

「真音、こっちに座れば？」

と、クラスの子が言った。「そこじゃ、外から見えないよ」

「見えなくていい！」

と、珍しく真音がむきになって言い返したりしている。

どうして、今日に限って（というわけでもないが）、生徒たちがやかましいのか、というと、学校の外に、何十人――いや、たぶん百人近いと思われる報道陣がひしめき合っていたからなのである。

学校側は、あくまで校門の中には入れない、という方針を貫いた。では、というので、報道陣は、学校の塀(へい)の外に足場を組んだり、ライトバンの屋根に上ったりして、校庭をカメラで狙っているのだった。

中から見ると、塀の上にズラッと人が立ってるみたいで、何とも奇妙な光景だったが、この報道陣の目当てが、真音であることは、言うまでもない。いや、もっと正確に言えば、真音を撮るだけでなく、もしかしたら、風丈一朗が現われるのではないか、という期待もあるに違いない。

いくら何でも、あんな忙しい歌手が、こんな女子校の体育祭を見に来るわけがない。しかも、真音との「危い関係」を騒がれている最中である。

それでも、多少なりとも可能性のある限り、この体育祭が終るまで、あの報道陣は頑張り続けるのだろう。ご苦労様、としか言いようがない。

そして、いよいよ（と言うほどのこともないけど）競技が始まった……。

「全くねえ、よくやるわよ」

と、希代子が言った。

「それにしても、暇な人たちね」

私は感心するばかりだった。

もちろん、この昼休みの時間になっても、「塀の上」で頑張っている大勢の報道陣のことである。

「真音、食べないの、お弁当？」

私と希代子、それに真音の三人で、一緒にお弁当を食べていた。

もちろん、うちの両親も、見に来ていて、本来なら、子供と一緒にお昼を食べられるといいのだろうが、何しろ女子校の悲しさで、運動場がそんなに広くない。それで親は運動場の父母席で、生徒たちは各自の教室で食べることになっているのである。

「食べてるわ」

と、真音は言った。

確かに食べてはいるけど、そののんびりしていること！――〈黒鍵(こっけん)〉の真音にはふさわしいかもしれない。

しかし、今日の「のろさ」はいささか普通でないような気がした。

「真音、何か心配事？」

と、私が訊くと、真音はキョトンとして、

「え？――何が心配なの？」

と、相変らずの受け答え。

「そっちに心配事があるのかな、と思ったのよ」

「別に……。ただ、午後のかけっこがいやだなあと思って。――私、もの凄く遅いんですもの」

「いいじゃない、目立って」

と、希代子は呑気に言った。

私には分っている。もちろん、真音は今夜の風丈一朗とのデートのことで、頭が一杯なのだ。

分ってりゃ、いちいち訊かなくても良さそうなもんだが、こと真音に関しては、常識が通用しないから、つい訊いてみたくなるのである。

「あら、あかね」

と、同じクラスの子が言った。「あの人、ケガした刑事さんじゃない？」

「ええ？　まさか」

と、私は席を立って、窓の方へと歩いて行った。

岩田刑事は頭を殴られ、ひどいけがをして入院しているのだ。いくら何でも——。

しかし、確かに岩田刑事だった——。

頭にグルグル包帯を巻いて、一応ちゃんと背広姿で立っている。目立つこと、目立つこと……。

「責任感旺盛な人なのね」

と、私は感心して言った。

「凄いわねえ。あかねを守るために、命かけてる、って感じ」

希代子も、半ば呆れて言った。

「あかねのこと、好きなんじゃない？」

と、真音が言い出した。

「どうして、刑事さんが？」

「だって——命をかけて守るなんて、恋でもしてなきゃ……」

自分が恋をしていると、他の人間もみんな恋をしているように映るのかもしれない。

「ほら、早く食べて！　午後の部が始まるわよ！」

と、先生が教室を覗いて、怒鳴っている。

「急いで食べると消化に良くない」

「そう。お肌もあれるし」

なんて、相変らず口のへらない生徒たちである（私も含めて）。

ともかく——午後の部が始まって、やっとこ、競技らしい競技、「五十メートル走」に入る。

ちゃんとプログラムを手に入れているのだろう、報道陣にも、これには全員参加することになっていて、従って真音も出るということが分っている。

たちまちカメラのレンズが一斉射撃の銃口の如く、ズラッと並んだ。

一斉射撃のように、か……。

私は、ふと不安になった。報道陣といっても、TV、新聞、週刊誌、と色々あるだろう。全部が全部、お互いの顔を知っているとも思えない。もし、あの中に、私を狙っている殺し屋が混っていたとしたら。カメラの列の間から、私を狙い撃つぐらいのことは簡単かもしれない……。

「やあ、心配かけて」

と、岩田刑事が、私の方へやって来た。

「頭のけが、大丈夫なんですか？」

「精神力で治す」

「凄い」

私は思わず笑ってしまった。「――それでね、取り越し苦労かもしれないんですけど」

私が、今、心配になったことを、岩田刑事に説明すると、

「なるほど。いや、確かにその可能性はある」

と、真剣な顔で肯く。「それにしても、この学校には有名なタレントでもいるのかな？」

そうか。この人は、真音のことを知らないんだ。私が説明してやると、

「じゃ、僕が手錠をかけた、あの女の子が？」

と、目を丸くする。

「そう！　今、注目の的なんです」

「根津真音か、あれが……」

　と、岩田刑事は、えらくびっくりしている。

「真音のこと、知ってるんですか」

「期待の新人だよ。このところ、コンクールの度に出て来てるんで、目をつけてたんだ」

「は？」

「いや、あの子の弾くスカルラッティのソナタは、様式感をきちんと踏まえた、立派なものだよ」

「はあ……」

「ショパンやシューマンにも、並でないインスピレーションを感じさせる。あの子は天才だ」

　この刑事がクラシック音楽に詳しいとは思わなかった！

「――よし、連中の身分証を一応確認しよう」

「でも、凄い人数ですよ。――あ、そうだわ」

　私は、「塀の上の面々」の中に、見知った顔を見付けて、駆けて行った。

「浅井さん」

「やあ！」

と、手を振ったのは、昨日、うちでご飯をごっそり食べて行った浅井である。

「ちょっと話があるの。――門の所へ来て」

「ＯＫ！」

私は、校門の所へ駆けて行った。

「――昨日はごちそうになっちゃったね」

と、元気一杯という感じの浅井は、肩からカメラを三台もぶら下げている。

「お父さんが、俺の分はどうした、ってわめいてた」

「申し訳なかったなあ」

「いいの。ダイエットしてるから」

と、私は言って、「ね、お願いがあるんだけど――」

私の話を聞いて、今度は浅井がびっくりする。岩田刑事は、真音が私と同じマンショ ンにいたと知ってびっくりするし、浅井は私が命を狙われたと知ってびっくりする。

何とも忙しい話である。

「分った。――何人か知ってる顔もいるからね。全然見たことのない奴がいないか、それとなく訊いてみるよ」

「お願いね。この〈かけっこ〉の時が危いんじゃないかと思うの」

「うん。でも――彼女も走るんだね！　楽しみだなあ」

と、とたんにしまらない顔になる。

「真音に見とれるのはいいけど、頼んだこと忘れないでよ」

と、私は肘でつついてやった。

「昨日、食べさせてもらったお礼だ。忘れやしないよ」

と、言って、浅井が戻って行く。

さて、問題の「かけっこ」である。

「やだあ……」

「いや、いや、やめて！」

何やってんだか、声だけ聞いてたら、分らないだろう。

みんなノソノソ走りながら、「えー、こんなに走るの？」「もう走れない！」「死んじゃう！」なんて、口々に文句を言っているのである。

もちろん、中には真面目に走る子もいて、見る見る他の子を引き離して、ゴールイン。たったの五十メートルの間で、二十メートルも差がつくというのだから、信じられない！

私は、最後のリレーがあるので、五十メートルは軽く走ることにしておく。軽く走ったって、たいていはトップなのだ。

順番が近付いて来たころ、岩田刑事がやって来た。

「二人ばかり、怪しいのがいたんで、当ってみたが、間違いなくカメラマンだったよ」

「そうですか。良かった！」

「しかし、ちゃんとにらみをきかせてるからね」

確かに、頭にグルグル包帯を巻いた刑事が腕組みして突っ立っている様子、なかなかの迫力である。

「あ、次だ」

と、私は言った。「真音、一緒ね」

「いやだなあ」

と、真音は泣きべそをかいている。「みっともない」

「大丈夫よ。みんなの遅いの、見たでしょ。次のグループに抜かされなきゃ、大丈夫」

あんまり、励ましたことにならないかもしれない。

「――はい、次」

と、先生の方が、いい加減くたびれている。

私は、真音と並んで、スタートラインに立った。

ワーッと、どよめきが起こる。――報道陣が一斉にシャッターを切り、ビデオを回し始めたのが分った。

「ヨーイ」

かなり投げやりな声がして、バン、とピストルが鳴った。

私は駆け出した。駆け出して――ゴールなんて、すぐ……。すぐ……。

誰？　前の方を走ってくのは？

目を疑った。――真音！

真音が凄いスピードでどんどん先へ駆けて行くのだ。

あわてて、私も足を速めた。しかし、真音の方が断然速い！

五メートル近くも離されて、私は二位。

「――真音！」

私は息を弾(はず)ませて、「何よ、速いじゃないの！」

「遅いわ」

と、真音は言った。「オリンピックの選手に比べたら、ずっと……」

そうだ。この子は〈黒鍵〉だったっけ。

15　晴れ、のち雨

さて……。

体育祭も、いよいよクライマックス！

高らかにファンファーレが鳴って……というのはオーバーであるが、私の出場するリレー。

「早くしてよね」

「もうお尻痛くて」

「疲れたよお……」

「帰りたい」

「早くやれ！」

――生徒たちの暖かい声援を受けて、私はスタートを待っていた。

真音が無茶苦茶に足が速いということが分ったものの、リレーの選手は決っているので、今さら入れかえるわけにもいかない。

「あかね、しっかり！」

なんて、真音が声をかけて来る。

「代りに出な、って」

私は文句を言いつつ、前の走者がやって来るのを待っていた。——ま、リレーも最後近くになって来ると、やっと少し盛り上って来て、走る方も一応必死である。

私のグループは今、三位。四人しか走ってないから、あんまり速い方とは言えないけれど、大して差がないので、この分なら何とか……。

前の走者が来た。私もタッタッと駆け出しながらバトンを受け取る。——行くぞ！ワーッと声を上げて駆け出した。何だか知らないけど、やけに張り切ってしまっていたのである。

でも——と、私は全力で走りながら、なぜか思い出に（？）耽っていたりした——ここしばらくのめまぐるしかったこと！

殺人事件があったり、殺されかけたり、誘拐されたり……。

おまけに、今夜は真音のために「アリバイ作り」をしなきゃいけないのだ。そのついでに（？）、学生でもあるから、やっぱり少しは勉強もしなくてはならないし……。

本当にね、体がいくつあっても足りないってのは、こういうことを言うんだわ。そう。こんな風にリレーにまで出なきゃいけないんだから！

それにしても、今夜、真音は風丈一朗と泊りがけで出かけようとしているのだ。これを放っておくわけにはいかない。

もし、本当に風丈一朗が杉田涼子を殺していて、その目撃者（かどうか分らないが）の真音を消そうとしているのだったら……。今夜、真音は眠ってから二度と目を覚ますことはないだろう。

そうだわ。ここはやっぱり、何とかして二人について行くしかない。でも、どうやって？

当然向うは車だろう。私は変装なんてできないし、真音のポシェットの中に隠れるわけにもいかないし、車のトランクにこっそり忍び込むなんてのも……よくTVとか映画じゃやっているけど、あれでもし出られなくなったら、どうするんでしょうね、本当に。

中で息が詰って死んじゃった、なんて、およそ面白くも何ともない。

ここは一つ、誰かの知恵を借りなくちゃ。

誰がいいだろう？

ワーッ。――うるさいな。考えごとしてんのよ。

ワーワー。よく声が出るわね。

「――あかね！」

と、希代子の声。「あかね！　いつまで走ってんのよ！」

え？　あかねって確か私のことだわ。

ハッと我に返って見回すと——走っているのは私一人。いや、もう一人、なぜか校長先生がハアハアいいながら、私の後を追っかけて来る。

「君！　——待ちたまえ！」

私は足を止めて、

「先生。——どうかしたんですか？」

と、訊いた。

「どうかしたか、じゃない！　どうして——メダルをかけさせせんのだ！」

「メダル？」

私は、校長先生が今にも倒れそうなほど息を切らしつつ、金メダル（もちろん、安物のメッキだけど）を私の首へかけるのを、ポカンとして見ていた。

「じゃ——一等になったの？」

と、私は目をパチクリさせた。

「君……憶えてないのか？」

「考えごとしてて……。つい、うっかりゴールインしちゃったんです」

でも、まあ勝ったことは勝ったらしい。真音や希代子のいる方へ向って、大きく両

手を振って見せると、また一段と、

「ワーッ！」

と、わいて、なかなかいい気分である。

「アーッ！」

と、少し違う声が上ったので、どうしたのかと思ったら——校長先生が大の字になって引っくり返ったのだった……。


「お疲れさま」

と、真音は言った。「びっくりしたわ。グラウンド、二回も余計に回っちゃうんだもの」

「二回も回ったの、私？」

「そう。——呑気ねえ、あかねって」

真音にこう言われちゃ、おしまいだね。

人の気も知らないで、とはこのことである。

みんなで順番にシャワーを浴びて、仕度を終えて出て来ると、もうすっかり黄昏どき。

「じゃ、あかね、よろしくね」

と、真音が言った。

「何が？」

「ゆうべ話したでしょ」

私は焦(あせ)って、

「そりゃ分ってるけど……。今すぐ行くの？」

「うん。この後、学校の裏手で待ち合せてるの。――じゃ、うまく言っといてね」

バイバイ、と手を振って、さっさと行ってしまう。

私は呆気にとられて見送っていた。いくら何でも、学校から直接出かけちまうとは思わなかったのだ！

「――やあ」

と、声がして、やって来たのは、記者の浅井。「凄かったね、君の走り。僕も学生のころ、陸上やってたんだけど――」

「ねえ！」

と、私は浅井の腕をギュッとつかんだ。

「な、何だい？　お金は持ってないよ」

「何よ！　お金貸せなんて、言ってないでしょ！」

「ごめん。いつも仲間に腕をギュッとつかまれると、たいてい金貸せって話だから、つい――」

「真音よ！」

「真音さんがどうかしたんですか！」

真音の名を聞くと、パッと目の色が変って、チカチカと光を放つ――なんてことは、ウルトラマンじゃないから、ないけれども、それでも全然態度が違う。

「説明は後で」

こんな週刊誌の記者に、しゃべっちゃってはまずいかな、とも思ったのだが、今はこの人しかいない。

「ともかく来て！　車、ある？」

「オンボロでよけりゃ」

「走るんでしょ？　じゃ、学校の裏手へ回して！　急いでよ！」

私はポンと浅井の背中を突いてやった。浅井が前のめりになって、危うく転びかける。

どうやら今日の私は力があり余ってるみたいだわ……。

私は校舎の中を通り抜けて、裏手の方へと出た。

一応裏門というものもあるのだが、実際には全然使われていない。何か学内で工事とかがある時、トラックが出入りするくらいである。

目につかないように待ち合せするには、いい場所だった。——真音は、スポーツバッグを下げて、木の下に立っている。

そこへ、風丈一朗が車でやって来るのだろう。うまく後を尾けてやることができたら……。

すると——あまり目立たない少し古い型の車が走って来た。あれじゃないや、と見ていると、真音の前にスッと停る。

ドアを開けて出て来たのは——後ろ姿だが間違いなく、風丈一朗！

自分の車じゃ、目立つと思ったのだろう。

真音を助手席に乗せ、さっさと車が走り出す。——まずい！

ちょっと待って！　ずるいよ！

私が焦っていると、バタバタ、ゴトゴトと蒸気機関車みたいな音をたてて、「相当に」古い型の車がやって来た。

「やあ、どうだい？　レトロ感覚だろ？」

と、浅井が窓から顔を出す。

「呑気なこと言ってる場合じゃないの！　すぐ追いかけて！」

私は助手席へパッと乗った——つもりが、「キャッ！」

ドシン、と床に尻もちをついてしまった。

「助手席のシートがなくなっちゃってるんだ……」

と、浅井が申し訳なさそうに言った。

しかし――まだお尻は痛かったが、何とか、風丈一朗と真音の車を見付けて、少し後につけることができた。高速道路へ入るところで、車が混んでいたのが幸いだったのである。

「大丈夫かい？」

と、浅井が心配そうに言った。「まだお尻は痛い？」

「さっきのせいじゃないの。今のせいよ。ひどいクッションね」

と、私は後ろの狭苦しい座席で文句を言った。

実際、ひどい車だ。

「しょうがないよ。明日、ポンコツになることになってんだから」

「今日が最後の一日か……」

「しかし――風丈一朗って奴、許せないな、全く！」

と、浅井は私の話を聞いて、腹を立てている。「湖へ叩き込んでやる」

「待ってよ。何も、風丈一朗が犯人って、決ってるわけじゃないの。今のところは、何とか真音の身を守ることが第一」

「分ってるよ。しかし……」

と、浅井は不服げに、「もしもだよ、風丈一朗が、真音さんとホテルの部屋に入っちゃったらどうするんだい？」

「そこなのよ」

私も、悩んではいた。——真音としては、相当の覚悟でここへ来ているのだろう。人の恋を邪魔するのは、私の趣味じゃない。といって……真音は、いくらピアノのスターでも、まだ高校生だ。大人とこういう仲になるのは早い、とも言える。

「——万一、中で殺されたら、取り返しがつかないものね」

と、私は考えた挙句、言った。「やっぱり、たとえ恨まれても、邪魔するしかないんじゃない？」

「よし！　そいつは僕に任せてくれ！」

と、浅井は張り切っている。

私としては気が重かった。——何といっても、真音の信頼を裏切ることになるんだから……。

しかし、問題はその前にあった。

道が空いて来るにつれ、風と真音の車はぐんぐんスピードを上げて行った。ところが、こっちの車は……。

「もっとスピード出ないの！　見えなくなっちゃうじゃない！」

と、私は叫んだ。

「しょうがないんだ！　六十キロしか出ないんだよ、この車！」

見る見る内に、真音たちの車は前方かなたへ去り、ついに見えなくなってしまった。

「どうすんのよ」

と、私は文句を言った。

「湖へ行くって言ったんだろ？　じゃ、大体見当つくさ」

「ホテル、沢山あるでしょ」

「駐車場を片っ端から覗いてくのさ」

なるほどね。さすがは記者！

「たぶん次のインターで下りてるな。こっちも下りよう」

「あーあ、またお母さんが青くなるわ」

と、私はため息をついた。

「向うから電話すりゃいいよ」

「何て言うの？　湖畔のホテルに、男と二人で来てるから、心配しないで、って？」

ポツッ、と何かが頭に当った。

「雨だ。――やばいな」

と、浅井は言った。「あんなにいい天気だったのに！」

夜になって、急に雲が出たらしい。しかし――この車には屋根があるのだ。

「何で雨が頭に当るの？」

「うん。漏るんだ、この車」

と、浅井は言った。「でも少しぐらいの雨なら、大丈夫だよ」

ザーッと音をたてて、雨がフロントガラスに叩きつけて来る。

ワイパーは片方しか動かない。それも、息切れを起してるみたいに、ヨイショ、コラショ、って感じである。

悲惨だった。――天井からは、シャワーの如く、雨が降り始め、逃げようもないまま、私は頭からズブ濡れになってしまったのだ……。

16　取り残されて

もちろん、私も他人のやっていない、珍しいことをやるのは、嫌いじゃない。何事も「第一号」というのは、気分のいいものだろう。でも——ちゃんと屋根のある車に乗っていて溺死する、という「第一号」はお断りだ！

「いや……申し訳ない」

と、浅井は謝った。「別に君に風邪を引かせようと思ってたわけじゃないんだ」

「当り前よ！」

と、私は浅井をにらみつけてやった。

考えてみりゃ、車がボロで、雨が漏るからって、浅井のせいではないけれど、ともかく誰かに文句を言ってやらずにはいられなかったのである。それに浅井の座っている運転席の方は、それほどひどく漏っていないので、頭からずぶ濡れになったのは、後ろの座席に座った私一人だったのだ。

「でも、もうやんだみたいだしね」

と、運転を続けながら、浅井が言った。「日が照って来りゃ乾くよ」

「夜になったばっかりよ」

と、私はため息をついて、「いいわよ。もう濡れちゃったものは仕方ないでしょ。――それより、風丈一朗と真音が、どこのホテルに入ったのか、見付けなきゃ」

「うん、分ってる」

湖の近くのホテル、ってことだけは分っているのだが……。

高速道路を下りて、湖への道を辿って行くと、啞然とするほど沢山のネオンサインが、色とりどりに並んでいる。

「凄い！」

と、浅井は目を丸くしている。「二、三年前にこの辺に来たことあるけど、こんなにホテルはなかったよ！」

「そう？」

「そうさ。空いてる部屋がなくて、ずいぶん捜し回って――」

と、言いかけて、エヘンと咳払いし、「その――つまり、仕事の帰りで、遅くなってね、どこかに泊ろうと……。その――決して女の子を連れていたってわけじゃないんだ」

「言いわけしなくたっていいわよ」

「君は来たことあるの？」

「まさか」

「どういう意味？」

「そうだろうね」

「いや、別に」

これ以上、妙なことは言わない方がいいと思ったらしい。「風丈一朗が泊るとしたら、どの辺かなあ。そんなに小さいホテルじゃないと思う。却って目につくからね」

「そんなもんかしら」

「ある程度、顔のきく所を持ってると思うよ、あいつくらいになれば。秘密を守ってくれて、従業員用の出入口から入れてくれるような……」

「じゃ、やっぱり大きなホテル？」

「うん。——前からあるホテルは二つ。そのどっちかじゃないかな。ともかく、一つずつ当ってたら、朝になっちまう。その二つを先に当ってみよう」

浅井は週刊誌の記者らしく、おぼろげな記憶を頼りに、道に迷うこともなく、目指すホテルの一つに辿り着いた。私は少し浅井のことを見直した。

もっとも、見直したといっても、濡れた服が乾くわけじゃない。郊外へ出て来たので、結構涼しくて、濡れた服では体が凍えそうだった。

「待っててくれ」

浅井は、車を出ると、駐車場の中へと駆け込んで行った。——私は、

「ハクション！」

と、派手なクシャミをした。

このままじゃ、風邪引いちゃう！

浅井は、すぐに戻って来た。

「ここじゃないみたいだ。もう一つのホテルへ行ってみよう」

ガタゴト音をたてる老車（？）にムチ打って、湖畔の道を十分ほど走る。

黒い静かな湖面には、対岸のホテルのネオンや明りが映って、なかなかロマンチックな光景だったが、こっちはそれどころじゃない。

「このホテルにいなかったら、ことだね。他の全部のホテルを捜して回るのは大仕事だ」

と、浅井は言った。「どうしたの？　無口になったね」

「寒いのよ！」

と、私は言ってやった。「こっちはびしょ濡れなんだからね！」

「あ、そうか、忘れてた！　大丈夫かい？」

「急に心配したってだめよ。ともかく、真音のことを——」

「分った！　すぐそこだから」

そのホテルは、私も名前だけは聞いたことのある、かなり大きなホテルだった。

「――駐車場は一杯らしいな」

と、浅井は言った。「もし、風丈一朗が、なじみ客だとしたら、車は玄関前に置いてるかもしれない。自分の車じゃないから、見られても大丈夫だと思ってるだろう」

車をホテルの玄関先へ向ける。――二十台近くも、車が並んでいた。

「凄いわ」

と、私は寒いのも忘れて、唖然としていた。「こんなに……。見て！」

と、指さす。

「あの車じゃない？」

「うん、そうだ。――やっぱりここか」

と、浅井は肯いて、言った。

さて、風丈一朗と真音がこのホテルに入ったことは、間違いない。それで……。

「で、どうするの？」

と、私は言って、浅井と顔を見合せたのだった。

「こちらです」

と、ボーイさんがドアを開けてくれる。「ごゆっくり」

私と浅井が中へ入ると、ドアが閉った。

「――何だか、今のボーイさん、変だったわ」

と、私は言った。「いやらしい目つきで私たちのこと、見てた」

「そりゃまあ……仕方ないさ」

「どうして？」

「だって、君はその格好だろ。どう見たって女子高生だし、それが僕みたいなのと、ホテルの一室に……」

「何もしないわよ、断っとくけど」

「分ってるさ」

と、浅井はむきになって、「僕は紳士だ！」

「ともかく――ハクション！」

私は、また派手なクシャミをした。

フロントで、「風丈一朗さんの部屋は？」と訊いたって、教えてくれるわけがない。

浅井が、フロントの男か、ベルボーイ辺りにお金を握らせて、風丈一朗の部屋を聞き出す、ということになったのだが、それにはまず、私たちも一部屋借りなくてはならない。

それに、私としては、この濡れた服のままでいたくなかったのだ。辛うじて一部屋だけ空いていたので、私たちはここへ入った、というわけである。

「君、着替えなきゃね」

と、浅井が言った。

「どこかで売ってるかしら？」

「たぶん……下に何か店は入ってると思うけど。何か買って来ようか？」

「自分で行くわよ、お金貸して」

「分った……」

いささか心細げな浅井から、何千円かもぎ取ると、私は地階のショッピングフロアへ行ってみた。

洋服も、確かに売ってはいたけど……。十代の女の子向きじゃない。

仕方なく、Tシャツとジーパンを買い、部屋へと戻った。

「──これから、これ、と思う奴に当ってみるよ」

と、浅井は言った。「君、少しあたたまった方がいいんじゃないか？」

私も同感だった。本格的に風邪を引きそうである。

浅井が出て行くと、私はバスルームへ入って、濡れた服を脱ぎ、バスタブにお湯を入れた。

こんな所まで来て、お風呂へ入ろうとは思わなかった！　でも――冷えた体を、そっとお湯に浸すと、肌をピリピリ刺すような感覚があって、でも次第にあたたまって来る。

「――生き返った！」

と、私は思わず口に出して言った。

お母さん、心配してるだろうな、と気にはなったが……。

男と二人で湖畔のホテルにいて、雨に降られてお風呂に入ってるから、心配しないで、なんて電話しても、却ってまた引っくり返りかねない。

いや、もちろん真音のことも心配なのである。でも、こっちがまず元気を出さないとね。

大分、体もあたたまって、いつものファイトが湧いて来た。風丈一朗が、真音に何をするつもりか知らないが、ともかく部屋へ入ってすぐには殺したりしないだろう。

浅井が、うまく風丈一朗たちのルームナンバーを突き止めて来れば……。

でも、あの〈黒鍵さん〉のおかげで、手間のかかること！　長い付合いってわけじゃないのだが、真音には、何となく「助けてやりたい」という気持にさせられるところがあるのだ。

さて……。そう、のんびりお風呂に入ってるわけにもいかない。そろそろ出るか、と思っていると……。

「――本当にいいの、この部屋？」

と、女の声がドアの向うから聞こえて来て、私はギョッとした。

もちろん、全然知らない声である。

「構やしないさ」

と、男の声。「鍵があいてたんだ。入ってもいい、ってことだよ」

鍵があいてた？　あの馬鹿！

ここ、きっと少し古いホテルなので、自動ロックじゃないんだ。それを知らずに浅井がただドアを閉めただけで、行っちゃったんだろう。

「だけど……」

と、女の方はためらっている。

「鍵をかけちゃえ。誰が来ても、知らんふりしてりゃいいのさ。そうだ！〈ドント・ディスターブ〉の札を外へ出しとこう」

「ハハ、面白い」

「これでよし、と。――なに、満室なんて言っても、一つや二つは空き部屋のあるものなんだよ」

男の方は、結構中年っぽい声。しかし、女の方はえらく若いようだ。

「さて、のんびりしよう。冷蔵庫、中にウイスキーとか入ってる？　何か飲もうよ」

「私、酔っちゃうと、何だか分んなくなっちゃうの」

「いいじゃないか。そんなのも、また色っぽくていいよ」

「おじさんだけ酔わないでいるなんて、ずるいよ」

と、甘ったれた声。

どうやら、中年の「おじさん」と若い女子大生ぐらいのカップル。それにしても
——困った！

服も、全部バスルームの中で脱いだので、まさかここに人がいるとは、向うも思っていないのだ。

こっちが借りた部屋なんだから、大っきな顔して、

「出て行ってよ！」

と、怒鳴ってやってもいいのだが、そこはこっちも純情な乙女。

しかも、まだこっちは裸でお湯につかっている状態なのである。——どうしよう、と困っている間に、勝手に入って来たカップルの方は、

「——さ、飲もうよ。いくら酔っても、今夜はゆっくりしていけるんだろう？」

「悪いんだから、おじさんって……」

と、ムードを出している。

参ったな！　――浅井が早く戻って来ないかと、私はじっと息を殺して待っていた。

「やだ、くすぐったい！　やめてよ……」

クスクス笑う声。――こっちが赤くなってしまう。いや、お湯につかっているので、のぼせてしまいそうになって来た。

さっきは寒くて風邪引きそうだったというのに。今日は散々だ。

すると、入口のドアをノックする音がして、

「おい、入っていいかい？」

と、浅井の声がした。

私はホッとした。やれやれ、これであの二人も出て行くだろう。

「――あれ？」

ドアが開いたらしく、「ここ……あなた方の部屋ですか？」

「見た通りだよ」

と、あの「おじさん」が図々しく言った。

「でも、確かに……」

「他の階と間違えてるんだろ。捜してみな」

「どうも、失礼しました」

と、浅井は謝って――。

ドアが閉った。

馬鹿！　冗談じゃない、何やってんのよ！

「これで、もう来ないさ」

「図々しいのね」

「君とのひとときのためなら、大胆になるさ」

と、芝居がかった調子で言った。

「私も大胆になっちゃおうかな」

「いいね」

「フフ……。じゃ、私、シャワー浴びて来る」

私は、動くに動けず、どうしようかと途方にくれて、バスタブの中に座り込んでいたのだった……。

17　ありがたくない再会

いくら図々しい私でも（と自分で言うのも変だが）、この時ばかりは、どうしようもなかった。

バスルームのドアは今にも開きそうで、女が入って来たら、当然、お風呂に入っている私は顔をつき合せることになる。せめて服ぐらい着たいけれど、立ち上るとザーッと水音がするだろうし、立ったとたんに入って来られたら、それこそ困ってしまう！

「――ね、そうだ。何か食べたいな、私」

と、女が言うのが聞こえた。

「いいよ。何にする？　でも、あんまり満腹になると、この前みたいに、肝心の時、グーグー寝ちまうんじゃないか？」

「あ、まだ恨んでる。一回だけじゃないの。そんなにしつこく言わなくたって……」

「分った、分った。別に、しつこくなんてしてないじゃないか。それじゃ、何を頼む？　カレー？　サンドイッチ？」

割とケチな男らしい。

「私、この〈ステーキ・コース〉」

「〈ステーキ・コース〉ね……」

男の声が心もちダウンした。

「じゃ、私、お風呂に入って来よっと」

女がルンルン気分で言って、「フフ……。ここで脱いじゃおうかな」

「いいね！」

馬鹿。鼻の下長くして、全く！　私はお湯でもぶっかけてやりたくなった。

「――このホテル、有名なのよね」

「そうさ。芸能人とか、よく利用するんだよ」

「へえ。知ってんの？」

「俺の親しい奴がここに勤めてたことがあってね。――信じられないようなカップルも来るんだってさ」

「面白そう！」

「そいつがね、話してくれたんだけど……」

「何を？」

「いや——このホテルの、どこかの部屋に、若い女の幽霊が出るんだとさ」

男が、少し声を低くする。

「え？　嘘！」

「いや、それが本当なんだって。悪い男に騙されたされた娘が、そいつを恨んでね。バスルームで首を吊って死んだんだ」

「へえ」

「それ以来、その部屋には時々、その娘の幽霊が出るんだ。青白い肌の、全身ぐっしょり濡れた裸の娘がね。愛し合ってる二人の前にスーッと……」

「やめてよ！　やだ、怖がりなの、知ってるくせして！」

「いや、こりゃ本当の話なんだよ。——もしかしたら、この部屋かもしれないぜ」

「もう！　おどかして！」

「ハハ……。さ、入って来いよ、ルームサービス、頼んどくから」

「うん……」

「どうしたんだ？」

「そんな話聞いたら、怖くなって——。ね、一緒に入ろうよ」

「何だ、怖がりだなあ。よし、待ってろ。注文しちまうから。三十分ぐらい後に、と頼んどきゃいいだろう」

——私は、バスタブの中で、ゆっくりと立ち上った。

こうなったら、浅井を頼りにはできない。自分で、この図々しいカップルを撃退してやらなきゃ！

水音がしないように、極力用心して、バスタブから出ると、私はタオル地のバスローブをはおった。そして、大きなバスタオルを一枚、バスタブにためたお湯に浸した。

たっぷり水を含んで重くなったバスタオルを手に、ドアのわきへ身を寄せると、中の明りを消す。

「——よし、これでいい」

と、男が言った。「じゃ、一風呂浴びようか」

「中でふざけっこする？」

と、女の方がクスクス笑う。

バスルームのドアが開いて——明りをつけようと、男の手がのびて来た。

「ん？　——何だか冷たいな」

私は、濡れたバスタオルを、バッと二人の頭からかぶせてやった。

「キャーッ！」

女が悲鳴をあげる。「何も見えない！　目が——見えない！」

そりゃそうだ。男の方も、

「ワッ！」

と一声、びっくりして後ずさった拍子に尻もちをつく。

女の方もつられて引っくり返ってしまった。

私はバスルームから飛び出すと、駆けて行って部屋の明りを消し、真暗にしてやった。

「――ど、どうしたの？」

と、女の声がした。

情ない、今にも泣き出しそうな声。

「俺も……知らないよ」

私は、そっと二人の背後へ回ると、ぐっと低く押し殺した声で、

「よくも……私を裏切ったわね……」

と、言ってやった。

パッと二人が振り向く。――暗いといっても完全に闇ってわけじゃないから、何となく白いものがヌーッと立っているわけで、二人が、

「出た！」

「お化け！」

と、飛び上ったのは当然だったろう。

「取りついてやる……殺してやる……」

私も少々悪のりして、恨めしげな声を出してやると、その二人――ダダッと音がして……。

いつの間に逃げて行ったのやら、気が付くと、ドアが開いていて、部屋の中には、私一人しかいなかった。

「ハハ、ざまみろ」

私はドアを閉め、ロックして、息をついた。――人騒がせな奴！

すっかり、のぼせるくらい暖まっていた私は、バスルームへ戻ると、明りをつけ、服を着ようと、バスローブを脱ぎ、新しいバスタオルで体を拭き始めた。

すると――。

「やっぱりここでいいんだよね」

いつ入って来たのか――確かに、部屋のキーは持ってたわけだが――浅井が、ヒョイと顔を出したのである。

一瞬、裸の私と、浅井は顔を見合せ、それから私は、

「見るな！」

と、怒鳴って、バスルームのドアを叩きつけるように閉めたのだった……。

「大丈夫？」

と、私は訊いた。

「うん……。何とか」

浅井は、ティッシュペーパーを丸めて、鼻の穴に突っ込んでいた。

鼻血が出てしまったのである。といって、私の裸を見て鼻血を出したんじゃなくて、バタンと閉じたドアが、もろに浅井の鼻を直撃したのだった……。

「で、分ったの？」

と、私は訊いた。

「うん。――少しお金はつかったけどね」

「じゃ、すぐ行こうよ！　間に合わなくなったら――」

「大丈夫。ドサッと食べでのあるフルコースの料理を注文して、やっと部屋へ届いたところだったよ。それを食べてる間は大丈夫」

「そうか。――でも、のんびりしてると――」

と、言いかけた時、ドアをノックする音。

「誰だろう？」

「また、さっきの二人じゃないでしょうね」

私はドアの方へ歩いて行って、「どなたですか？」

「ルームサービスでございます」

「は?」

一瞬考えて——それから、分った!

あのカップル、食事を注文してた! どうしよう?

「あの、ルームサービスですが」

「はい!」

仕方ない。ドアを開けると、ワゴンにのせた料理が目の前に並んでいる。

「——こちらにサインを」

「はあ」

私は、今さら、いりませんとも言えず、伝票にサインをして渡した。

ボーイさんは、鼻血を出している浅井を見て、ちょっと目をパチクリさせると、

「あの——あんまりご無理なさらない方が……」

と言って、出て行った。

「——どういう意味かしら?」

「さあ……」

浅井は、咳払いして、「それより、その食事は?」

「例のカップルが注文しちゃったのよ。どうする?」

「捨てるのも、もったいないね。しかし……」

ま、考えてみりゃ、私もお腹が空いていたのである（考えなくても、空いていたが）。

確かに、真音のことも心配だが、「腹がへっては戦ができぬ」とも言うし。

「急いで食べちゃえ！」

と——二人とも、わずか五分ほどで〈ステーキ・コース〉を平らげてしまった。

いかにお腹が空いていたか、分るというものだ。

「——苦しい！」

と、浅井がお腹を押えて、「食いすぎた」

「何よ！　しっかりしてよね。真音に万一のことがあったら……苦しい！」

こっちも少々食べすぎていたのである。

しかし、のんびり「食休み」ってわけにはいかない。ともかく、真音と風丈一朗の泊っている部屋の前まで行って、様子をうかがってみよう、というわけで、私たちは、部屋を出たのである。

「——最上階の一つ下、スイートルームだそうだよ」

「凄い。一度泊ってみたいなあ、スイートルームって」

エレベーターのボタンを押し、上って来るのを待っていると、

「しかし、君はいい子だなあ」

と、浅井が言い出した。

「何よ、突然」

「友情のあかし、とでもいうんだろうね。命がけで、友を守る。こんなに美しいことはないよ」

「お世辞は結構よ」

と、いささか照れた私は赤くなっていた。

エレベーターの扉が開く。

「あ……」

と、私は声を上げていた。

エレベーターに乗っていたのは、私の知っている人物だったのだ。

「やあ。珍しい所で会ったね」

と、風巻は言って、ニッコリと笑った。

風巻は、一人ではなかった。見るからに頑丈そうな、三人の男を従えている。

そしてエレベーターから出て来ると、

「君はその男とデートなのかね」

と、訊いた。

「いいえ。ただ――ちょっとした知り合いです」

何とも説明のしようがない。

「その節は失礼したね。これからどこかへ行くのかな？」

「あ、あの……ちょっと上のバーにでも、と思って」

私は出まかせを言った。

しかし、なぜこんな所に風巻が来ているのだろう？　風丈一朗が泊っているホテルに。

「そうか。君の親友も一緒に、かね」

偶然とは思えない。

「あの――真音のことを――」

「もちろん知ってるよ。ここに、問題の男と来ていることも」

「私も、後を追いかけて来たんです」

「そうか。親友を救うためにね。では、我々は協力し合うことができるようだね」

「そうですね」

「君は、二人がどの部屋にいるか、知ってるのかね？　もし知っていたら、教えてほしい」

私はためらった。何といっても、この風巻って男は、ま、と、も、な商売をしている人間じゃないのだ。

いくら真音を救うためと言っても……。

「知っている、と顔に書いてあるよ」

と、風巻は微笑んで、「じゃ、スンナリしゃべってくれないか。後はこっちでかたをつける」

「――何だい、この男？」

と、浅井が訊く。

しっ、と私は浅井をつついた。しかし、浅井の方は、平気なもので、

「かたをつける、なんて、そんな物騒なことはいけないな。僕は記者として、絶対に、二人の部屋を教えるわけにいかない」

「そうかね」

と、風巻が肯くと、そばにいた三人の内の一人が、いきなり、浅井の胸ぐらをつかんで、グイ、と持ち上げた。

凄い力だ。完全に、浅井の体は持ち上げられて、目を白黒させている。

「やめて！」

と、私は言った。「あなたは――風丈一朗を、どうするつもりなんですか？」

「君はそこまで知らなくていい」

と、風巻は言った。「さあ、教えてくれ。二人はどこに泊ってるのかね?」

私は、怖いのと、教えちゃいけない、という直感との間で、揺れ動いていた。でも、迷ってる時間は、なかったのだ……。

18　命がけの演奏

「ここか」

と、風巻はスイートルームのドアの前に立つと、肯いた。「いかにも風丈一朗の泊りそうな部屋だ」

「見て分るんなら、訊かなきゃいいでしょ」

と、私は言った。

子供のころから、私は「言っちゃいけない」と思ったことを、つい口に出してしまうという、良くないくせがある。

小学生の時、ゴジラみたいな感じの（どう見ても二枚目ではない）先生に、

「君の一番嫌いな動物は？」

と、訊かれた時もそうだった。

ゴジラ、って答えたら、きっと怒るだろうな。ゴジラ、なんて言っちゃいけないいな、と思っていながら、

「ゴジラ」

と、答えていたのである。

その結果、私はその一学年、ひどく惨めな成績で過さなくてはならなくなった。私は現代教育の歪の哀れな犠牲者だったのだ（？）。

ま、それはオーバーだとしても、この場合にも悪いくせが出てしまったのである。

「この小娘、生意気ですね」

と、でかい男の一人が言った。「ちょっとひねってやりますか」

「まあ待て。私は気に入ってるんだ。こういう子を」

と、風巻が言った。「さて、それでは風君を訪問といこうか。――もしかして君の親友とラブシーンの最中かもしれないが、そこは勘弁してもらうことにしよう」

風巻がドアをノックした……。

――私が、風巻におどされて、命惜しさに真音たちのいる部屋を教えてしまったのか、と思われるかもしれないが――実はそうなのだ。

やっぱり目の前で浅井がセルロイドの人形みたいに振り回されて、フラフラになったりするのを見せられたりしていると……。ここで命を捨てるのも愚かではないか、という気がしたのである。

この先、まだ窮地を脱する可能性だってあるわけだし。

かくて——風巻は、風丈一朗と真音の逢引きの現場へ、TVの芸能レポーターよろしく、突入しようとしているわけだった。

風巻がドアをノックして、少しすると、

「はあい」

と、中から聞き憶えのある真音の声が聞こえて来た。

まさか、相手も確かめずにドアを開けることはないだろう。ホテルのドアってのはかなり頑丈にできている。いくらこの大男たちだって——。

ドアが開いて、

「——あら、ルームサービスのワゴンを下げに来られたんじゃないんですか?」

と、真音は目をパチクリさせた。

これだから、〈黒鍵〉は!　私は目を覆(おお)った。

機関銃がバリバリと火を吹き、真音は哀れ血まみれになって—— てのは、少々時代錯誤だったかもしれない……。

「我々は風丈一朗君に用があってね」

と、風巻は言った。「中にいるね、彼は?」

「え、ええ……」

と、真音は戸惑った様子で、「でも、今、お風呂に——」

「そうか。じゃ、出るまで待たせてもらおう」

真音は、私に気付いて、

「あかね！　何してるの、こんな所で？」

と、目を丸くした。

「よく言うわよ」

と、私はため息をついた。「しようがないの。こういうことになっちゃったのよ」

「そう……。その人は？」

と、浅井を見て、「あかねったら……。自分も彼氏とここへ来ることになってたの？」

「あのねえ――」

と、言いかけて、「ともかく、今は中へ入ろう」

私は、真音の肩を抱いて中へ入った。

「ちょっと待って」

と、真音が言った。

「何だ」

ドアをふさぐようにして突っ立っている大男が、小柄な真音をジロッと見下ろす。

「お料理のワゴンを廊下へ出しときたいんですけど」

「そんなもん、後にしろ」

「でも、取りに来た人が、出てなかったらがっかりします」

変なところで頑固なんだから！

で、結局、真音はワゴンを押して、廊下へ出すと、おとなしく戻って来たのである。

スイートルームなので、立派なリビングルームがある。

風巻は、ソファにゆっくりと体を沈めて、

「さて、時間はある。せっかくいい気分でお風呂に入ってるんだ。出て来るのを待ってやるかな」

「ご親切に」

と、真音が言った。

皮肉でも何でもない。心から言っているのが真音らしいところ。

「――一体何をする気なんだ？」

と、浅井がやっと口をきけるようになって言った。

さっき、大男にしめ上げられて、しばし酸欠状態になっていたのである。

「風丈一朗君とはね、結着をつけなきゃいけないことがあるんだよ」

と、風巻は言った。「君らは知らない方が身のためだ」

そう言われると、それ以上訊くに訊けなくなってしまう。

しかし——私は、半ば感心し、半ば呆れていた。真音は、何事もなかったかのように、平然としてソファにチョコンと腰をかけているのである。

「お嬢さん」

と、風巻が真音の方に言った。「あんたは風丈一朗に惚れとるようだが、やめといた方がいい。あの男は、将来の名ピアニストが惚れるような奴じゃないよ」

「ご忠告は感謝します」

と、真音は言った。「でも、恋愛は個人の自由ですから」

「なるほど」

風巻は、ちょっと笑って、「なかなかしっかりしたお嬢さんだ」

風巻は、リビングの中を見回して、隅の方に、アップライトのピアノが置いてあるのに目を止めた。まあ、使うことなんかないのだろうが、飾りで置いてあるんだろう。

「君、すまないが、一曲何か弾いてくれないかね」

と、風巻は言った。「こうしてただぼんやり待っているのも芸がない」

「ここでですか」

「いやかね？　無理にとは言わんが」

まさか、いくら真音が変ってるからって……。

ところが、真音は、

「じゃ、弾かせていただきます」

と、立ち上ったのである。「調律してあるといいんですけど」

「真音……」

私は、呆れて、真音を眺めていた。

一体これからここで何が起るか、分ってるのかしら？　――もちろん、私にだって

よく分ってるわけじゃないけど、でも風巻と風丈一朗が、なごやかにジャンケンでも

やるとは、とても思えない。

風巻は風丈一朗を殺すつもりかもしれないのだ。それを真音は知ってるんだろう

か？

――真音は、ピアノの蓋（ふた）をあけ、椅子にかけて、高さを少し直した。そして片手が

スーッと鍵盤の上を滑ると、きれいな音の波が広がった。

「そんなにひどく狂ってませんね」

と、真音は言うと、ほとんど間を置かずに、どこかで聞いたことのある曲を弾き始

めた。

何だっけ、これ？　聞いたことはあるんだけど……。

それは、小さなアップライトのピアノから聞こえて来るとは信じられないくらい、

豊かで美しい響きだった。そして左右の指の魔法のような動きから紡（つむ）ぎ出されて来る

調べは、こんな時だというのに、私の胸を震わせた。

——この子は凄い！

私は、改めて真音の腕に——いや、「音楽」そのものに、舌を巻いて、心を打たれてさえいたのである。

音楽は激しく高潮して、再び静かになり、宝石の連なりみたいにきらめきながら、終った。

しばらく、部屋の中に音の破片がきらめきつつ浮んでいるようだった……。

風巻は、しばらくソファに座ったまま、身じろぎもしなかった。その顔には、不思議な表情が浮んでいる。

三人の子分たちは、何となく戸惑った様子で、目を見交わしていた。

すると——風巻が、おもむろに拍手をしたのである。ゆっくりと、そして次第に強く。それから、ジロッと三人の子分たちの方をにらんだ。

子分たちも、何だかよく分らない様子ながら、拍手を始めた。——真音は、立ち上ると、まるでステージの上にいるかのように、深々と頭を下げたのだった……。

風巻は、立ち上った。そして、バスルームの方へと歩いて行く。

今の拍手で、当然、中にいる風丈一朗にも、部屋にいるのが真音だけでないことは分ったはずだ。

私は、心臓をギュッとわしづかみにされたようで、息を詰めて、見守っていた。

風巻は、バスルームのドアの前で足を止めると、

「私だよ」

と、言った。「風巻だ。今日こそ、話をつけてやろうと思って、やって来た。しかし、今日は引き上げよう」

と、真音の方を振り向いて、

「このすばらしい娘の演奏に免じてな。——いや、私も若いころ、音楽を聞いて泣いたことがある。そんな日のことを思い出したよ」

バスルームの中は、静かだった。

風巻は続けて、

「いいか。お前にもう一度チャンスをやる。すべてから手を引くのなら、見逃してやろう。しかし、これ以上、続けるのなら……」

後は言う必要もない、という様子だった。

「——それからもう一つ。この娘さんは、お前にふさわしい相手じゃない。この娘からも、手を引くことだな」

風巻はそう言うと、三人の子分たちへ、「行くぞ」

と一言、足早に出て行ってしまった。——三人の子分たちは、あわててそれを追っ

て行く。

私、浅井、そして真音。

三人は、顔を見合せ、そして、今のは本当の出来事だったのかしら、というように、首をかしげたのだった……。

「——ともかく、君の演奏が、事態を変えたんだ」

と、浅井が言った。「君は凄い子だよ」

「どうも……」

と、真音は、当惑した様子で、「でも、あの人たち、何なのかしら?」

「あんたの大事な人の命を狙ってたことは確かね」

と、私は言った。「ね、真音。あなたの気持は尊重したいと思うわよ。でも、ああいう世界の人間と係り合っちゃいけないわ」

「でも……」

と、真音はムッとしたように言った。「あの人、悪いことに係り合うような人じゃないわ」

私はバスルームの方を見て、

「ともかく、出て来て話をするように言いなさいよ」

「ええ。——風さん。もう大丈夫よ。出て来て」

真音が呼びかける。でも、返事はなかった。

「おかしいわ」

と、真音はドアをガチャガチャ開けようとして、「ロックしてある」

「中で気絶してんじゃないのか?」

と、浅井が言った。「どいて。バスルームのロックは硬貨で開けられるよ」

浅井が、小銭入れから十円玉を出して、カチッと鍵を開けた。

「――開けるよ」

と、声をかけておいてから、ドアを開ける。「明りが消えてる。――スイッチ、どこかな?」

「たいていドアのわきにあるわよ」

と、私が言った。

「あったあった」

カチッと音がして、バスルームは明るくなった。

私は、それが幻じゃないかと、目を疑って突っ立っていた。

「――何だ、これ!」

浅井が叫ぶ。

バスタブの中に、裸の風丈一朗が倒れていた。そして――血が――裸の胸を大きく覆っていたのだ。

　風丈一朗は、目を見開き、びっくりしたような顔で、死んでいた。いや、殺されていたのだ！

　後ろでドサッと音がして、振り向くと、真音が気を失って倒れている。

「真音！」

　私はあわてて駆け寄ると、真音の体を抱き起したのだった……。

19　プレイボーイへの葬送

「ど、どうしよう……」

と、浅井は、ただおろおろするばかり。

「しっかりしてよ！　記者でしょ」

と、私は叱りつけた。「死体ぐらいで青くなって、どうすんのよ！」

他人のことは何とでも言える。その実、たぶん私も真青になっていただろうと思う。

しかし、何しろ真音が失神してしまっているので、そっちに気をとられて、死体どころじゃなかったのだ。

いや、もちろん死体の方だって気にはなっていたが……。それにしても、誰が風丈一朗を殺したんだろう？

「ちょっと！　真音を運ぶの、手伝って」

と、私は浅井に声をかけた。

「う、うん……」

浅井は、言われた通り、真音の肩のところをかかえ上げるようにして、私と二人してソファへと真音を運んだ。

「タオルを濡らして持って来て」

と、私は言った。

「分った」

と、浅井は歩きかけたが……。「バスルームへ入って？」

「それがどうしたの？」

「いや……。どうもあの死体さんがいるかと思うと、入るのがね……」

「臆病（おくびょう）ね、全く！」

と言いながら、自分で行きやしないのである。「じゃ、入口のすぐわきにもう一つトイレがあったでしょ。そこでタオルを濡らせばいいわ」

浅井は、私をまじまじと見つめて、

「君は天才だ！」

もうちょっと別のことで「天才」と言われたいけどね。

スイートルームなので、入口のドアを入ったすぐわきに、客用のトイレがあるのだ。うちにだってトイレは一つしかないのに！

ぜいたくだ！　もっとも、朝、急ぐ時なんか、トイレがふさがってると苛々（いらいら）して……。

そんなこと、どうでもいい！

浅井が、タオルを濡らして持って来た。

私は、それを受け取って、パッと真音の顔にのせた。バシャッ！

「キャアッ！」

真音が飛び上った。タオルが全然絞ってなかったので、びしょ濡れになってしまっている。

私は呆れて、浅井へ、

「何よ！　タオルを絞らなかったの？」

「だって君は、ただ濡らして来いって……」

こう気がきかなくて、よく記者をやってられるわね、全く。

ともかく、真音は顔から水をしたたらせながら、気が付いた様子。

「私……どうしたのかしら？」

と、目をパチクリさせている。

「気絶してたのよ」

「私……夢見てたみたい」

「夢？」

「そう……。風さんがね、お風呂で殺されてるの。ひどく生々しい夢だったわ」

私と浅井はちょっと目を見交わした。

「あのね、真音――」

「きっとゆうべTVで見たホラー映画がいけなかったのね。見たくない、っていうのに、うちのお母さん、ホラーが大好きで……」

「夢じゃないのよ、真音」

私の言葉に、真音は目をパチクリさせていたが……。

「じゃ――本当に殺されたの?」

「そう。誰がやったか分らないけどね」

真音がまた引っくり返った。

「ちょっと! しっかりしてよ! ――ほら、別のタオル濡らして!」

「分った!」

と、浅井がまた駆けて行く。

前のタオルは床に落っこちていたので、使いたくなかったのだ。

「ちゃんと絞ってね!」

と、私は大声で言ってやった……。

「それにしても――」

と、浅井は首をかしげた。「一体誰がやったんだ？」

「真音。あなたがこの部屋にいる時、確かに誰もバスルームから出て来なかったのね？　見落とした、ってことはない？」

「いくら私でも、それぐらい見てられるわ」

と、真音は少々ムッとしたように言った。

「そりゃそうだよ。真音さんが気付かないわけないじゃないか」

浅井がすぐに真音の肩を持つので、私としては面白くなかった。

「だけどさ、真音。ここへ入って来た時、あんた、バスルームへ入ったんでしょ？」

「入ったわ。髪の毛が少し乱れてたんで、直したの」

「その時、誰かがバスルームの中に隠れてたってことは？」

「無理よ。シャワーカーテンだって開いてたし」

「ふむ……。じゃ、風丈一朗を殺した奴は、どこから入って、どこから出たの？」

「知らないわ」

真音は、ため息をついて、「私にとっては、そんなこと、どうでもいい。もうあの人が生きてない、ってことだけで……。何もかもおしまいだわ」

「そんなことはないよ！　君は若い！　未来があるんだ！　元気を出して」

浅井が、今どき、TVアニメでも使わないセリフで慰めようとしている。

「あのねえ」

と、私は言った。「ともかく、決めなきゃいけないことがあるでしょ」

「僕と真音さんの将来のこと？」

「何を言ってんのよ！　あの死体を放っとけないでしょ、ってこと」

「ああ……」

と、浅井は肯いて、「お葬式をやらなくちゃね」

「その前に！　一一〇番しなきゃ」

「そうか。忘れてた」

――頼りない奴だ、全く！

「でもね、もしこれで警察を呼んだら、どうなる？　真音がマスコミの標的になるのは避けられないわよ」

「なるほど。――それはだめだ！」

と、浅井は首を振って、「じゃ、ここから逃げよう」

「あの人を放っといて？」

と、真音がグスンとすすり泣く。

「仕方ないわよ。まさかお線香上げてくわけにいかないでしょ」

「でも……。〈葬送〉を弾くわ、せめて」

「何を？」

「ショパンのソナタの、〈葬送行進曲〉のところを。それが私の真心のあかし……」

私はもうやけになって、真音の好きなようにさせることにしたのだった……。

「無邪気な顔して」

と、私は言った。

浅井のボロ車で、東京へと戻るところである。

今度は雨も降っていないので、乗っていても濡れる心配はない。

後ろの座席で、私にもたれかかっていた真音は、いつしか眠り込んでしまっている。

「――警察へはどうする」

と、浅井が運転しながら訊いた。

「早く知らせても、風丈一朗が生き返って来るわけじゃないし、向うへ着いてから、どこかの公衆電話で通報してやればいいわよ」

「そうだな」

浅井は、少ししてから、「――こんな特ダネを目の前にして、ちっとも記者魂を刺激されないいんだ。だめだね、僕は」

と、苦笑した。

「人さまざまでしょ」

と、私は真理を口にした。「――ねえ、分ってる？」

「何を？」

「あの状況で、一体誰が風丈一朗を殺せたか」

しばらく間があって、

「うん、分ってる」

と、浅井は答えた。「でも、そんなこと、ありえない」

「そうねえ……。この〈黒鍵〉さんに人殺しができるとは思えない」

私は、子供みたいにあどけない、真音の寝顔に見入っていた。

でも……。子供みたいだからこそ、もし風丈一朗が自分に嘘をついていた、あるいは自分を裏切っていた、と知ったら、カッとなったかもしれない。

「――自殺じゃないかな」

「凶器は？」

あの傷は刺し傷である。いや、詳しく見たわけじゃないが、少なくとも、私にはそう見えた。

「風巻が、もしあの時引き上げて行かなかったら、死体を見付けてただろうな」

「そうね。きっとびっくり仰天だわ」

と、私は言って……。

でも、風巻なら、死体を適当に始末してくれたかも、と考えたのだった。


「――おはよう」

電話の声は爽やかだった。

「希代子か……」

私はひどい頭痛で、顔をしかめつつ、「何か用？」

「代休よ、今日は。家で寝てるようなあかねじゃないでしょ」

「家で寝てる」

と、私は言った。「じゃ、おやすみ」

「ちょっと！　もうお昼の十二時よ」

「ゆうべ遅かったの。――今日は一人で遊びに行って」

「ふーん……。せっかく映画の指定席券が二枚余ってるのになあ……」

と、希代子は言った。「ま、いいや。じゃ他を当る」

「待って」

と、私は言った。「あと三十分で頭痛は治る予定」

「勝手な頭痛」

と、希代子は笑った。

「二枚余ってるって？」

「うん。もう一枚は真音に、と思って」

「真音は無理よ。寝込んでるわ当分」

と、私はパジャマ姿で、欠伸しながら、言った。

「そう？　でも行くって言ったわよ」

「え？」

私は目を丸くした。「もう訊いたの？」

「うん。そしたら、ちょうどレッスンの前で、時間が空いてるから行くって。――来ちゃまずいわけ？」

「そうじゃないけど……」

恋人が殺された翌日に、ノコノコ映画を見に行く？　――何て子なんだ、あれは？

ともかく、三十分後に仕度をして、この下のロビーで待ち合せる、ということになり、私は顔を洗いに洗面所へ行った。

「おはよう」

と、母が私を見て、「夜ふかしもいい加減にしてよ」

「そんなことより、ニュースは？」

「ニュース？」

「そう。ＴＶのお昼のニュース。何か凄いの、なかった？」

「さあ……。ゴルバチョフのことか何か？」

私は諦めて、顔を洗うことにした。

――三十分してロビーへ下りて行くと、希代子が座っていた。しかし、一人じゃなかったのだ。

そう。――頭に包帯を巻いた、岩田刑事も一緒だったのである。

「――やあ、昨日は大活躍だったね」

と、岩田刑事に言われて、私は一瞬焦った。

ホテルでの出来事を知られてるのかと思ったのである。

そうじゃなかった。昨日の体育祭でのリレーのことを言っているのだ。

何だか、あのリレーなんか、もう遠い昔のような（はオーバーだが）気がして来る。

「真音は？」

と、希代子が訊く。

「私、声かけなかったから……」

と、言っていると、またエレベーターが下りて来て、扉が開いた。

「あ、どうも」

と、私は会釈(えしゃく)した。

真音のお母さんが降りて来たのである。

「あら、あかねさん……。真音、もう来ると思いますよ」

「お出かけですか」

「ええ。マネージャーは大変なの」

と、ちょっと笑って、マンションを出て行く。

「——何か疲れてるみたい」

と、希代子が言った。

そりゃ当然だろう。きっと、真音からゆうべのことも聞いているだろうし。

もし、このスキャンダルが公になれば、真音のピアニストとしての将来もなくなってしまうかもしれない。

「——お待たせして」

真音がやって来た。

心もち青白い顔をしているが、元気そうだ。

「じゃ出かけよう」

と、私が言うと、

「映画だって？」

と、岩田が言った。「僕は映画館のロビーでポップコーンでも食べてるか」

四人でゾロゾロとマンションを出ようとした時、目の前にパトカーが停った。

また偽物（にせもの）？　――しかし、今度は本物らしかった。

三角刑事が降りて来たのだ。

「大変なことになった」

と、三角は言った。「君ら、一緒に来てくれ」

見付かったのだ。風丈一朗の死体が。

私が見ると、真音は少し緊張した表情をしているだけだった。

20　冷たいブレスレット

パトカーの中では、しばらく誰も口をきかなかった。

三角刑事は、助手席に座って、じっと前方をにらんだまま動かないし、後ろの座席に並んだ私たち三人も、何となく黙ったままだったのである。

三人、というのは、私と真音、そして加東希代子のことだ。岩田刑事も、当然一緒に来るはずだったのだが、三角刑事に、

「狭いから、お前は別にタクシーを拾ってついて来い」

と、言われてしまったのである。

私も真音も、何も聞かなくたって、三角刑事の言う、「大変なこと」が何なのか、よく分っている。

一人、分っていないのは希代子で、私の方を肘(ひじ)でつついては、

「ねえ、どこに行くの？」

と、小声で訊いていた。

でも、三角刑事が何も言わない内から、私が説明してやるわけにはいかない。もっとも、希代子としては、「映画の指定席券を三枚もむだにした」という気持があるから、訊きたいのも無理はなかった。

で、私は、

「ね、何があったんですか?」

と、三角刑事に声をかけてみたのである。

「ん?」

三角刑事はハッとした様子で、「いかん、つい寝不足でウトウトしてしまった……」

何だ、考え込んでたんじゃないのか。私は少々がっかりした。

それにしても、この人、目をあけたまま眠れるんだろうか?

「実はね」

と、三角は重苦しい口調で、「根津真音君には大変ショックなことだと思うんだが……。落ちついて聞いてくれ」

私には、真音の反応が予想できなかった。

まるで反応しなかったら、風丈一朗の死を知っていたことが、三角に分ってしまうだろう。

「ついさっき、通報があってね」

と、三角が言った。「風丈一朗が、自分のマンションのバスルームで、殺されているのが発見されたんだよ」

「ええ？」

希代子がびっくりしたのはもちろんだ。しかし、私も思わず、

「まさか！」

と、言ってしまっていた。

自分のマンションのバスルームで？

――そんな馬鹿な！　風丈一朗は、湖畔のホテルのバスルームで殺されていたんだ！

私と希代子がかなり派手に驚いたので、真音があまり反応を示さなかったことに、三角は気付かなかったらしい。

しかし、真音とて、風丈一朗が自宅で死んでいたというのには、びっくりしたはずだが、例によって、ポカンとしているだけのポーカーフェイス。

私にはどうにも判断がつかなかった。

「まだマスコミには知れていない」

と、三角は言った。「しかし、隠しておくわけにもいかないからね。知られたら、

たちまちあのマンションの前はデパートの特売場のような状況になってしまうだろう。早い内に、君たちの意見を聞きたかったんだよ」

「嘘でしょ……」

と、希代子は呟いている。

刑事が、私たちにこんな嘘をついたって仕方ないだろうが。まあ、口ぐせのように、「ウソ!」と言ってる世代なのだ。

「君にはショックだろうがね」

と、三角が、真音の方を振り向いた。

私はハラハラしながら見ていたのだが、当の真音は、

「そうですね……」

と、ぼんやりしているばかり。

しかし、その様子が却ってリアリティを感じさせたのか、三角は別に怪しんでいる風でもなく、

「辛いかもしれないが、すぐすむからね。我慢してくれたまえ」

と、気をつかっている。

それにしても……。

何だって、あの死体が自分のマンションへ帰っちゃったんだろう? ——死んでい

たことは確かである。

あんな格好で昼寝（？）する人間もいないだろうし、どう見たって生きてはいなかったのである。

風丈一朗が死んでいることは、結局、私と浅井で相談して、ホテルへ連絡しないことにしたのだった。ホテルの方でも、いつまでもチェックアウトしなければ当然見に来るだろうし、ホテルのボーイが腰をぬかすかもしれないが、まあ命に別状はないだろうし、ということで……。

それでいて、死体は風丈一朗自身のマンションで見付かった。——一体、どういうことなの？

私には、さっぱり分らなかった……。


風丈一朗の住んでいた（といっても、一つだけじゃなかったんだろうが）マンションは、さすがにどっしりとした高級イメージ。残念ながら、うちや、お向いのマンションとは大分値段も違いそうだった。

パトカーは停っているし、警官は立っているし、まあ誰が見たって、何かあったな、と分る。野次馬も何人か集まって来て、何やらヒソヒソと話していた。

「——さあ、入ろう」

と、三角はパトカーを降りて、私たちを促した。

「殺人現場? ワア、凄い!」

と、希代子はかなり興奮している。

真音は、少しうつ向き加減になって、黙ってついて来た。

「この人は管理人だよ」

と、三角が、六十歳ぐらいかと思える、髪の大分白くなった男の人を見て、言った。

ちょっとラフなシャツを着たその男の人は、私たちの顔を、いやにジロジロ眺めていた。

「――さ、上に行こう。四階だ」

エレベーターが上って行く間、誰も口をきかなかった。――やはり、ゆうべもお目にかかったとはいえ、これから死体とご対面するのかと思うと、気が重くなって来るのは仕方がない。

四階の廊下にも、警官が二人立って、三角を見ると、敬礼している。

そのドアには表札が入っていなかった。

「大体、有名人ってのは、表札を出さないことが多いんだよ」

と、三角は言って、ドアを開けた……。

そう広くはないが、中はやっぱり豪華である。でも、あんまりよく片付いていないのと、今は警察の人が大勢いるので、印象は良くなかった。

「——三角さん」

と、若い刑事がやって来た。「見て下さい、これ」

手袋をした指先につまんでいるのは、透明なビニール袋で、中には白い粉が入っていた。

「ヘロインか」

「まず間違いないですね」

と、若い刑事が肯く。「隅から隅まで、捜します」

「頼むぞ」

三角は、居間に立って、ちょっと首を振ると、「——一体どうしてそんなものに手を出すのかね。体をだめにしてしまうのは、分り切っているのに」

と、嘆いた。

「刑事さん」

真音が、やっと口を開いた。「あの——風さんは？」

「うん。こっちだ」

奥の寝室の方へと入って行く。三角刑事は、

「——バスルームと言ったが、正確には、風呂場とは別に、寝室にシャワールームが

ついていてね。そこで発見されたんだよ」

「どうしていちいち、そんなもんつけるの？　もったいない」

と、希代子が関係ない疑問を持ち出して、私はジロッとにらんでやった。

シャワールームのドアは開いていた。中で写真をとっているのだろう、パッとフラッシュが光る。

「——あ、三角さん」

と、カメラを手にした男が出て来た。「もう運び出しても？」

「もうちょっと待っててくれ」

と、三角は言った。「——見なくてもいいよ、無理には」

「見ます」

と、真音が言った。

「そうか」

三角は肯いて、「じゃ……。中は狭いからね」

小さな洗面台があって、その奥がすりガラスの扉。それが開いていて、シャワーの下に、ペタンと裸で座っているのが、風丈一朗だった。

間違いない。——風丈一朗だ。

「殺されたんですか」

と、私は訊いた。

「うん、胸の辺(あた)りに刺し傷がある」

「へえ」

と、希代子は少し拍子抜けの様子だ。「本当に死んでる？」

もっと凄い場面を想像していたらしい。

でも、私も、覚悟していたほどのショックは受けなかった。

二度も同じ死体に出くわすのも珍しいことだろうが、風丈一朗の体からは、少しも血が出ていなかったのである。

「どうして血が……」

と、私が言うと、三角は肯いて、

「うん。ずっとね、このシャワーが出っ放しになっていたんだ。それで血を洗い流しちゃったんだろうね」

「あ、そうか」

と、希代子が感心したように肯く。

三角は、真音の方を見て、

「大丈夫かい？」

と、訊いた。

真音は青白い顔をしていたが、

「大丈夫です」

と、しっかり答えて肯いた。

「一応確認してもらう必要もあってね。家族というのもいなかったらしいから」

三角はそう言って、「さ、出よう」

と、真音の肩に手をかけた。

真音は、しかし動かずに死体を見下ろして立っている。

「——どうしたの、真音？」

と、私が訊くと、

「ね、あかね。悪いけど先に行ってて。私、刑事さんとお話があるの」

「でも……」

「お願い」

真音が何を考えているのか、私にはよく分らなかった。

「分ったわ。じゃ、希代子、下へ行ってようか」

「うん……」

私たちは二人で風丈一朗の部屋を出て、マンションの一階へ下りた。

「——真音、どうしたのかしら」

と、希代子が言った。

「さあ……。座ってようよ、ともかく」

私たちがロビーのソファに腰をおろしていると——。

「見て」

と、希代子が言った。「来た！」

車がキーッとブレーキの音をたてて停る。二台、三台……。

中から、記者やカメラマンが飛び出して来て、表に立っている警官たちと押し問答を始めた。

「まずいね」

と、私は言った。「ここに真音が来たら、大騒ぎだわ」

「どうする？」

「知らせて来よう」

私たちはエレベーターへと急いだ。すると、エレベーターの扉が開いて、三角刑事と真音が降りて来たのだ。

「良かった！　今、表に——」

と、言いかけて、私は言葉を切った。「それ——どうしたの？」

真音は両手に新しいブレスレットをしていたのだ。——いや、そうじゃない！

手錠をかけられていたのだ！

「自白したんだよ」

と、三角が言った。「風丈一朗を殺した、とね」

私と希代子は絶句した。――真音は、いつもの通り、少しボーッとした感じで、

「明日学校休むから、そう言っておいてね」

と、私に言ったのだった。

「じゃ、行こうか」

「はい」

「マスコミの連中が来ちまったな」

「構いません、別に」

と、真音は言った。

「そうかい？　じゃ、行こう」

私と希代子は、三角刑事に腕をとられて、真音がマンションを出て行くのを、見送っているばかりだった。

外は大変な騒ぎになって、カメラのフラッシュが何回も光った。

真音たちは何とかパトカーに乗り込み、そのまま行ってしまう。

「――あかね」

と、希代子が言った。「どうなってんの？」

「知らないわよ」

と、私は言った。

他にどう言えただろう！

21　友を救う

「そんなアホなこと」

と、希代子が言った。

「せめて、馬鹿なこと、と言ってよ」

私は、細かいことにこだわっていた。こだわりたい気分だったのである。

「じゃ、馬鹿なことでもいいけど……。でも、一体どうして――」

「そんなこと、分りっこないでしょ、私に」

と、私は言った。

「まだ何も訊いてない」

「どうせ、どうして死体があのマンションへ帰って来たのか、って訊きたいんでしょ？」

「違うわよ。そんなこと訊いたって、あかねに分るわけないじゃないの」

「じゃ、何よ」

本当のことでも、はっきり言われるとムッとすることがあるもんだ。

「どうして、そんな時に、私を連れてかなかったのか、ってこと」

「無理に決っててんでしょ！　一緒に雨漏りのする車で、ズブ濡れになりたかったの？」

「でも面白そう」

「大変だったんだからね。面白がらないでよ！」

私は、少々八つ当り気味だった。

――私のマンションへ帰って来ている。

もちろん、真音が連行されて行って、しばらくは大騒ぎ。あのマンションは、数え切れないくらいのカメラの標的にされ、レポーターは、通りかかる人に片っぱしから感想を訊いていた。

中には八十いくつのお婆さんもいて、何を訊いても聞こえないのに、レポーターは、

「ああ、なるほど！　いや、とても恐ろしいことです、とおっしゃってます！」

なんて、でっち上げていた。

私と希代子も、もし出て行ったら、真音の「学友」ということで、とっつかまるのは目に見えていた。

それで、しばらく管理人室に入って、外が少し静かになるのを待って、出て来たのである。

私たちは、お昼を食べていなかったが、今はそれどころじゃない。真音が殺人犯として逮捕されているのだ！

でも——思い出したら、とたんにお腹がグーッといい始めた。

「お腹空いた」

と、希代子も言った。「真音、何か食べてるかなあ」

「さあ……。何もかも白状しない内は、食べさせてやらないぞ、とかおどされてるかもしれないね」

「そんな時に、私たち二人が、お昼を食べたりしていいと思う？」

私と希代子は顔を見合せ、肯き合って一緒に言った。

「仕方ないと思う！」

——かくて、私たちはお財布を手にマンションを出て、近くのレストランに行った。

カレーライスをペロリと平らげ、デザートを食べると、大分私たちの気持も落ちついて来た。

人間ってのは、お腹の具合で、気分を左右されるものなのだ。情ないが、本当のことなのである。

「本当に真音がやったと思う？」

と、希代子が言った。

「思わない。――ゆうべの状況のままなら、私も真音がやったのかもしれない、って思ったわよ。でも、真音が、どうしてわざわざ死体をあのマンションへ運ぶ必要があるわけ？」

「そりゃそうね」

「ね？　だから、却って、私、あの子がやったんじゃない、と思ったの」

よく考えてみると、あんまり理屈になっていないが、それでもこの時には、実にすばらしい論理に思えたのだった。

「じゃ、どうして自白したの？」

と、希代子が訊く。

そうなのだ。――そこが、私にもよく分らない。

あの後、私たちがマンションの管理人室にいる時、管理人のおじいさんから、意外な話を聞いていた。

ゆうべ遅く――というより、むしろ今朝早く、逃げるようにこのマンションから出て行く娘を見かけたというのだ。

それはどうやら、真音とそっくりだったらしい。絶対にそうだとも言えないが、よく似ていた、とそのおじいさんは言った……。

「真音が本当にやったんだとしても、その動機ってものがあるでしょ」

と、希代子が言った。「あの子に、風丈一朗を殺す理由があったのかしら」

「そりゃまあ……。二人の間で、何があったのか、なんて、分りゃしないわよ」

「それもそうか……」

二人は黙々とデザートを食べていた。

もちろん、TVのニュースは、〈ピアノの天才少女、人気歌手を殺す！〉というわけで、大騒ぎ。

その内、私の所のマンションにも、誰かやって来るだろう。学校の方にだって、押しかけるに違いない。

「そうか」

と、私は思い付いて、「きっと先生たち、大変だよ今ごろ」

「そうね」

と、希代子ものんびりしたもので、「でも今日休みだよ」

「それどころじゃないわよ」

うちは、何しろ真音と同じマンションなのだ。――うちにも取材に来る、と覚悟しておいた方が良さそうだ。

「コーヒー、飲む？」

「うん」

お腹の方は、しっかりと活動している。

「あの、コーヒー二つ……」

と、私はカウンターの方を向いて言いかけて、「――あ」

「コーヒー、三つだ」

と、訂正したのは、風巻だった。


「ニュースを見て、びっくりしてね」

と、風巻は、私たちと同じテーブルについて、言った。「本当なのかね、あの話は」

「ええ……」

と、私は言った。「でも、ゆうべ、お帰りになった後、色々あったんです」

「話してくれないか」

風巻は、いつもの皮肉めいた笑みも消えて、真剣そのものだ。

私は、風巻たちが引き上げた後のことを、話してやった。風巻はほとんど眉一つ動かさずに聞いていた。

コーヒーが来ると、風巻はブラックのまま、ゆっくりと飲んだ。私たちも何となくつられて、ブラックで飲んでしまった……。

「――何てことだ」

と、風巻は首を振って、「すると、死体が移動していた、というわけだね」

「そうなんです。でも、いずれにしても、真音、自白しちゃってるんです」

「それはまずい。実にまずい」

と、風巻は難しい顔で、ため息をついた。「自白すると、警察はもうその方向でしか、ものを考えなくなる。あの子を救う手は、真犯人を見付けて、突き出す以外にない」

私は肯いた。

「もちろん、私も真音じゃないと思ってます。でも――風巻さんはどうして？」

と、訊くと、風巻は、ちょっと不思議そうに、

「君もゆうべ、あの子がピアノを弾くのを聞いたろう」

「ええ」

「あんな演奏のできる子が、人を殺すわけがない！」

風巻は力強く言い切った。「何としても、あの子の無実を証明してやる。君たち、私に協力してくれるね？」

風巻は、本気も本気、心から、真音を助けようとしていた。

確かに、かなり得体の知れない人物ではあるが、しかし、ともかく今は本気で、真音を助けたがっているのだ。

「分りました」

と、私は肯いた。「でも、私に何かできることがありますか」

「君はあの子と同じマンションにいるんだろう？」

「ええ。うちの一階上が、真音のところですけど」

「いいかね。あの子が自白したのは、なぜだと思う」

「さあ……」

「自分でやってもいないことを、進んでやったと言ったとすれば、その理由は一つしかない。――誰かをかばっているのだ」

私は肯いた。希代子も、納得している様子だ。

「それが犯人だ。――分るね」

「ええ」

「そこでだ、あの子が、そうまでしてかばう人間が誰か、調べる必要がある。おそらく、あの子の愛している誰かだ」

「でも、真音は風丈一朗を愛してたんですよ」

「分ってる。――だが、本当はそうじゃなかったとも考えられる」

「え？」

「つまり、そのかばっている誰かのために、風丈一朗の正体をつかもうとして、接近していたのかもしれない」

そりゃ確かに……。理屈はそうだが、あの子は本気で風に惚れていた、と私は思っていた。

惚れているふりをするなんて、そんな器用なことのできる子だろうか？

「それを、でも、どうやって調べるんですか？」

と、希代子が身を乗り出している。

「あの子の部屋へ行って、机の中、引出しの中、調べるんだよ」

と、風巻は言った。「きっと、何かその人間のことを示す手がかりが出て来る」

「でも――入れませんよ。今、お母さんはきっと駆け回ってるし、鍵がかかってますから……」

「そんなもの、どうにでもなる」

と、風巻は得意げに言った。「私のところには、ベテランの元空巣がいる。鍵なんか、簡単にあく」

変なこと自慢してるわ。

「でも――私、勝手に真音の部屋へ忍び込むんですか？」

「そりゃ、断って入ったら、忍び込むことになるまい」

「だって――そんなの違法ですよ」

と、私は正しいことを言った。

「君は友情と法律と、どっちが大切なんだね？」

「そうよ！　あかねってそんなに冷たい子だったの？」

何よ、希代子まで調子にのって！

私はカッカして来たが、これを拒むわけにはいかなかった。確かに、真音の無実を証明したいという気持は、誰にも負けないものがあったのだから……。

でも――私が空巣で捕まったら、どうしてくれるのよ！

「どうぞ」

あっけないくらい、そのベテランの「空巣さん」は、簡単に玄関の鍵をあけてくれた。

「はあ……。お邪魔します」

留守の家へ入るのに、お邪魔しますもないもんだ。

しかし、私は、ともかく中へ入るしかなかったのである。

鍵をあけてくれた「空巣さん」は、その時点で帰り、私は一人。

風巻はたきつけるだけで、自分は「忙しい」とか言って、あの「空巣さん」をよこしただけ。希代子は、

いなかったのである。

でも、実際来ちゃったら、どうやって知らせるか、といった点は、全く打ち合せていないか、見張っている。

と、私の肩を叩いて……一階のロビーで、真音のお母さんとか、警察の人とかが来ないか、見張っている。

「頑張ってね！」

ま、みんな無責任なもんだ……。

ともかく、私は、真音の部屋へと入ってみた。

天才ピアニストも、片付けることは得意でないとみえ、部屋の中は、かなり雑然としていた。

さて、どこを捜すか。――にわか空巣（？）の身で、何を見付けたいのかもよく分っていないのに、よく来る気になったものだ。

まず机。――真音、ごめんね。

勉強机は、引出しを一つずつ開けてみたが結構片付いている。いや、あまり勉強に熱を入れていないことがよく分る。

私の机とよく似ているのだ！

引出しの中には、目ぼしいものはない。さて、次は、と……。

その時だった。――玄関のドアが開く音がしたのだ！

鍵をかけておかなかった！　かけた方がいい、と注意されていたのを忘れてしまっていた。

ただ、靴は、見えないようにしまっておいたが……。

でも、誰だろう？

私は、とっさにどこかへ隠れよう、と思った。どこに？　――どこに？

仕方ない！

差し当り（？）目についたのは押入れだったが、開けてみると、物が一杯。

洋服ダンス！　私は扉を開け、頭を低くして中へ入ると、そっと扉を閉めた。

もちろん、開けられたら、すぐ見付かってしまう。じっと息を殺していると、この部屋へ誰かが入って来たのが分った。

22　意外な顔

一体、何でこういうことになるわけ？

私は、暗くて窮屈で、暑苦しい洋服ダンスの中で、じっと息をひそめながら、思った。

もちろん、洋服ダンスが悪いわけじゃない。何といっても、洋服ダンスは、中に人が隠れることを考えて作られているわけじゃないんだから。居心地が良くないからといって、メーカーに文句を言っては、気の毒というものだ。

でも――私だって悪くない！　何も悪いことなんかしていない！

そりゃ、細かいことを言えば、右側通行の道で左側を歩いたり、夕ご飯の時に、ニンジンを残したりはした。でも、だからといって――。

ま、グチを言っても仕方ない。

ともかく、今、真音の部屋の中には、何者かが――それも、真音でも、母親でもない誰かが、入り込んでいることだけは、確かなのである。

私は、真暗な洋服ダンスの中で（もちろん何も見えないから）、じっと耳を澄ましているしかなかった。

入って来たのは男だった。それが分ったのは、ガタン、ゴトン、と色々音がして、

「畜生……」

と、呟くのが聞こえたからだ。

男の声。——でも、誰の声なのかは、分らなかった。何しろ低い呟きだったのだから。

ただ、音だけを聞いていても、はっきりと分ったことがある。

その男は、私と同様、この部屋に何かを捜しに来たのだ、ということである。

ガタゴトやっているのは、私がさっきやったのと同様、真音の机の引出しをあけて、中を探っているのに違いなかった。

何を捜しているのか、私には知るよしもなかったが、ともかく私より、しつこく引っかき回し、中のものを床へぶちまけて、捜しているらしいのが、音だけからも分る。

これは、私にとって、ありがたい状況とは言えなかった。

なぜなら、机の中を調べ終ったら、当然、男は次に押入れや、この洋服ダンスを調べるに決っているからだ。——どうしよう？

どうやら、男は押入れにとりかかったらしい。何やら引っ張り出していたと思うと

――。

「ワッ！」

ドドドッと、地すべりのような音がして（少しオーバーか）、男が悲鳴を上げた。

どうやら真音は、色んなものを、整理せずに押入れにつめ込んでおく趣味の持主らしかった……。

「何て奴だ！」

と、男はこぼした。

その声。――聞いたことがある！

誰だろう？　どこかで、確か……。

私は、考え込んだ。――考え込むと体重がふえる、なんてことは物理の法則上、間違っているだろう。

きっと、何かの弾みだったのだと思う。

洋服ダンスの下の板は、意外に弱いものだった。――メリメリ、と音をたてて裂け、アッと思った時には、私はお尻から、下の引出しの中へ落ち込んでしまっていたのだ。

その音が、男に聞こえなかったわけがない。

男が、ピタリと動きを止めたのが分る。

私の方も、裂けた板の上で、じっと息を殺しているしかなかった。

「おい……。誰だ？」

と、男が言った。「誰か隠れてるのか？」

さっきは、聞き憶えがあると思えた声が、また分らなくなってしまった。

男の声が、上ずって、震えていたからだ。――男は、怖がっていたのである！

こんなやさしい少女を怖がるなんて、とんでもない話だが、考えてみりゃ無理もない。向うも、いつ見付かるかとびくびくしながら、忍び込んでいるのだ。そこへ、突然、洋服ダンスからメリメリ、ドスン、と来れば、飛び上るほど驚いただろう。

「おい……。出て来い……」

ますます声は震えて来る。「出て来い……。出て来い……」

池のコイじゃあるまいし。

私は、度胸を決めた。――ここで、こっちがガタガタ震えて、

「命だけは助けて」

なんて出て行けば、向うを強気にさせるだけだろう。

ここは一つ、大いに強そうに出て行く（？）に限る。

向うが仰天している間に、逃げ出せるかどうか……。

「おい……。誰だよ……」

こわごわ、男は洋服ダンスのそばへ寄って来たらしい。よし……。

私は、何とか狭苦しい中でお尻を持ち上げると、扉の方へ両足を向けた。

両足揃えて、扉にくっつけ、思い切りけとばしてやろうというわけだ。

「出て来い……。出て来ないと……許さねえぞ」

男が、思い切って、洋服ダンスの扉を開けようと――。その瞬間、

「ヤッ!」

力一杯、私は扉を両足でけった。

正面にいた男は、扉の直撃をくらって、みごとに引っくり返る。

私は、洋服ダンスから飛び出すと、一目散に――逃げれば良かったのだ。

でも、仰向けになって、亀の子みたいにバタバタしている男を見て、驚きのあまり、足が止ってしまったのである。

その男は――真音のフィアンセ、山崎哲夫だったのである。


「なあんだ、びっくりした!」

私は笑って、山崎哲夫に、「大丈夫? まさかあなただと思わなかったもんだから……」

と、言いかけて――。

起き上った山崎哲夫のそばに落ちているものに目をやったのだった。

それは――長髪のかつらだ。

長髪の……。ちょうど、向いのマンションで、杉田涼子が殺された時、私がチラッと見たような……。

山崎は立ち上って、息をついた。

「――気が付いたね」

と、かつらを拾い上げる。

「あなた……」

「ミュージシャンらしく見えるだろ、これをかぶってるとさ」

山崎は、かつらをかぶった。――別人のように見える。

いや、かつらのせいだけではない。山崎の目には、追いつめられた獣のような、危険な光が見え、顔は青ざめて、引きつっていたのだ……。

「あなたが殺したの？」

と、私は訊いていた。

答えを聞きたかったわけじゃない。――だって、分っていたのだから。

そして、山崎はポケットから、何かを取り出すと、

「君にも死んでもらうぞ」

と、言った。

それは当然、鋭く光を放つナイフであった――はずだ。

ところが、それはどう見ても、万年筆だったのである。

「それ――弾丸でも出るの？」

と、私は訊いていた。

「何だと？」

山崎は、手にしたものを見て、「あれ？」

と、目を丸くした。

「畜生！　――あわてて、間違えたんだ！」

「あ、そう」

何だか、間の抜けたクライマックスになってしまった。

山崎は、その万年筆をじっと見ていたが……。その内、笑い出してしまった。

それは――何と言うか――妙にホッとしたような笑いで、私には山崎がもう私を殺しはしないだろう、と分った。

山崎は、ペタンとその場に座り込んで、笑い続けた。

「――なっちゃねえな、全く！」

と、山崎は首を振って、「俺って……結局小者なんだ」

私は、山崎の前に座った。――殺人犯と、お見合いしているわけだが、少しも怖いとは思わないのが不思議だった。

「——どうして杉田涼子を殺したの？」

と、私は言った。

「好きだったのさ」

と、山崎は言った。「僕は、風丈一朗の下で働いてたんだ」

「何ですって？」

「もちろん、初めは音楽をやるつもりだった。——それで高校も中退してね」

山崎は、苦笑いして、「甘かったよ。僕のギターの腕なんて、とてもプロじゃ通用しなかった」

「それで？」

「風は、僕が役に立つと見たんだ。手伝わないか、と言われた。裏の仕事をね」

「麻薬？」

「うん」

山崎は肯いて、「いやだったよ、初めは。でも、その内、ミュージシャンとしても芽が出て来るかもしれない、と思ったし、音楽の世界じゃ、麻薬やってる奴なんか、一杯いて……。僕が売らなくたって、どこか他から手に入れるんだ。そう思ったら、気が楽になってさ」

「そんなのごまかしよ」

「そうなんだ。——分ってる。その仕事で、あの女の所へ、ちょくちょく行くようになった」

「杉田涼子が何かやってたのね」

「あの女も、風に使われてたのさ。麻薬を扱うのに、風は直接手を汚したくなかったんだろう」

「あなたが、一緒にやってたわけね」

「うん。——その内、僕は彼女に気に入られて……。恋人になった。風丈一朗は、たまにしか来なかったからね。彼女も寂しかったんだよ」

「その彼女を、どうして……」

「僕が、金を少し使っちゃったんだ。本当は麻薬を仕入れるのに用意した金だった。——使った、といっても、五十万くらいのもんだったけど」

「それで殺したの？」

「彼女がそれを知って、風に話すって言い出したんだ。焦ったよ。そんなことがばれたら、どうなるか……。彼女が、それぐらい、見逃してくれると思ってたんだ。ところが、風は、金のことに、ものすごく細かいらしくてね。もし、他に使ったことが分ると、彼女も危かったんだ」

「甘く見てたのね」

「そういうことだね……。僕は何とか黙っててくれ、って頼んだ。でも、彼女は拒んだ……」

「それで？」

「殺すつもりじゃなかった。──もちろん、言いわけにはならないけど」

山崎は、がっくりと肩を落として、「気が付いたら、死んでたんだ。僕は震え上った。そして、それを──真音が見てたんだよ」

「真音が？」

「そう。──まさか、あの真音が、向いのマンションにいるなんてね。離れてても、昔から知ってる仲だ。僕のことを見分けていたんだよ」

「じゃ、あなたが犯人だと知ってて？」

「ああ、真音が、いきなり連絡して来た時はびっくりした。その時、真音から、君も僕のことを見た、と聞かされたんだ」

「じゃ、私がエレベーターにいる時、毒蛇を投げ入れたのは──」

「僕だよ。麻薬の密輸やってる奴から、一匹わけてもらったんだ」

「でも、助けてくれたじゃないの」

「あの時は、君だけじゃなくて、僕もやられそうだったからね」

と、山崎は言った。「仕方なく、蛇を殺したんだ。高かったけど」

「ケチなこと言わないで！　お礼なんか言って、損しちゃった」

と、私はささいなことで腹を立てていた。「学校で狙撃したのもあなた？」

「僕にそんなこと、できるわけないだろ」

と、山崎は首を振って、「あれは、風丈一朗がやらせたんだ。僕が、仕方なく白状したのさ、風に。そしたら、ともかく目撃者を消すんだ、と言って」

「あなたは大丈夫だったの？」

「うん。風は、杉田涼子に飽きてたんだ。だから、彼女を殺したことは怒らなかった。ただ、風のマンションでやっちまったんで、あいつは、自分と麻薬との係り合いを知られるのを恐れたんだ」

「それで、私と真音を？」

「真音は、風に憧れてた。——僕にも分ってて、気が気じゃなかったけど、どうしようもないし」

「でも、真音はあなたのことを黙ってたのよ！」

山崎は小さく肯いて、

「そうなんだ。きっとその内、僕が後悔して、自首して出る、って信じてた」

「真音らしいわ」

と、私は言った。「でも、その真音が今、捕まってるのよ」

「知ってる」

「風丈一朗も、あなたがやったの？」

「僕じゃない」

と、山崎ははっきりと言った。「僕じゃないんだ」

「じゃ、誰が？」

山崎も、ただ黙って肩をすくめるばかりだった……。

23　デビューの日

　もちろん山崎が嘘をついている可能性も、ないではない。

　私に話したことだって、でたらめかもしれないし……。でも、私はそう思わなかった。

　私は若くて、人を見る目もないかもしれないが、それでも自分の直感というものを信じたいと思うことがある。今もそうだった。

　山崎哲夫は根っからの悪人じゃない。――根っからの悪人なんてものがいるのかどうかは知らないけれど。

「真音は誰かをかばってるのよ」

と、私は言った。「でも――一体誰を？」

「僕にも何も言わなかったよ」

と、山崎は首を振った。「あの子も、あれで頑固なところがあるんだ」

「分るわ」

と、私は肯いた。

その時だった。——玄関の方で、カチャッと音がしたのだ。

「誰か来た！」

私はあわてて、「どうする？」

「だって——どうしようも——」

二人で隠れるといっても、もう場所はなかった。洋服ダンスには、とても二人で入れるほどのスペースはなかったし。

仕方ない。もし見付かったら、

「下の階と間違って、自分の家だと思って入りました」

とでも言うか……。

でも、入って来た「誰か」は、こっちの真音の部屋の方へはやって来なかった。

私と山崎は顔を見合せた。

すると——電話が鳴り出した。タッタッとスリッパの音がして、

「——はい、根津でございます」

真音のお母さんだ。私はちょっとホッとした。見付かったらまずいが、また殺人犯でもやって来たのかと思ったのだ。

「まあ、あなた」

と、根津久美子は言った。「――ええ、そうなのよ。とんでもないことになって。――ええ、ありがとう。今、弁護士さんの所へ行って来たの」

どうやら、真音の、「いなくなったお父さん」が、心配して電話して来たらしい。

「――ええ、そうね。――でも、大丈夫よ。――え？　――いえ、本当に。もうすぐ、真音の疑いも晴れるわ。――ええ、そうなの。見ていてちょうだい、TVか新聞を」

と、根津久美子は言った。「――心配してくれてありがとう。――真音も会いたがってるわ。会ってやって。――ええ、構わないのよ。あの子にはあなたが必要なんだわ……」

根津久美子の口調は、いやに疲れているように聞こえた。いつもとはずいぶん違う。記者たち相手に、「一人十枚！」と、娘のチケットを売りつけた勢いは、見られなかった……。

「――じゃ、また。――ええ、ありがとう」

根津久美子は電話を切った。そして、台所の方へと戻って行ったようだ。

「――どうする？」

と、山崎が言った。「そっと出ようか、今の内に」

私は答えなかった。何か、気にかかるものがあったのだ。今の、根津久美子の話の中に……。

もうすぐ、真音の疑いも晴れるわ。

あれは、どういう意味なのだろう？　そうなってほしいというのではなく、そうなると「分っている」ような口ぶりだった。でも——どうしてそんなことが言えるのだろう？

「おい、どうかしたのか？」

と、山崎が心配そうに私を見る。

「待って……」

と、私は言いながら、真音の話を、思い出していた。

母には恋人がいるの。——そう真音は言った。

恋人が……。根津久美子の恋人は誰だったのか？

なぜ、風丈一朗の死体は自宅のマンションへ戻っていたのか。——あのホテルで見付かると、犯人が分ってしまうからだろう。

つまり、真音がかばった犯人は……。

「大変だ！」

と、私は言うなり、真音の部屋を飛び出した。

台所へと駆け込むと、根津久美子が、目を見開いて、私を見た。

「あかねさん——」

根津久美子は右手に握った、鋭い刃のナイフを、自らの左手首に押し当てようとしているところだった。

「いけない！」

と、私は叫んで、飛びかかると、根津久美子の手から、そのナイフを奪いとって、パッと投げ捨てた。

「あかねさん……」

「そんなことして！　真音が喜ぶとでも思ってるんですか！」

「でも、あの子は――」

「あなたをかばって、自分が風丈一朗を殺したと言ったんですね。でも、お母さん、あなたが自殺したら、真音は自分のせいであなたが死んだと思って、自分を責めますよ！　あの子はそういう子なんですから」

我ながら、びっくりするようなことを、私は言っていた。

「あかねさん……」

根津久美子は、両手で顔を覆った。

「やり直せますよ。――真音には、お父さんも必要かもしれないけど、お母さんだって必要ですよ」

私はそう言って、「――ねえ、山崎君」

と、振り向いた。

山崎哲夫は、そこに立っていた。でも——立ったまま、目を回して（?）いたのだ。

私が放り投げたナイフが、彼の目の前の柱に、ほんの二、三センチの差で突き立っていたのである。

「じゃあ、あの風丈一朗って、母親と娘の両方に手を出そうとしてたわけ?」

と、希代子が言った。「許せないね!」

「全くだ」

浅井が肯く。「しかし、真実が明らかになって良かった」

「そうね」

と、私は言ったが、いささか自信はなかった。「でも——真音もそう思ってくれてるかどうか」

コンサートホールのロビー。

まだ開演時間には間があるので、人の姿はまばらだった。

「母も娘も、お互いに、同じ男を恋してるとは知らなかったのよ」

と、私は言った。「——真音が、風丈一朗と二人で入ったあのホテルのことを、母親もつきとめて、風丈一朗の恋人が誰なのか、見ようとしたのね」

「そしたら娘だった、ってわけか」

「びっくりしたよね、そりゃあ」

と、浅井は首を振って、「しかし、風を殺したのが、あの母親の方だとして、一体どうやって出て行ったんだ？」

「母親は、ホテルのボーイを買収して、あのスイートルームに隠れてたのよ。で、真音と風が入って来るのを見て、愕然とする。同時に、娘に手を出そうとしている風に、カーッとなったのね」

「風がお風呂へ入ったところを――」

「真音がワゴンを外へ出そうとしてたでしょ？　あの間に、母親はバスルームへ入って風を殺したの。そして、私たちが風巻とあそこへ行って、真音と話している間に――」

「そうか！」

浅井がパチン、と指を鳴らした。「あの、来客用のトイレの方に隠れたんだな！」

「ご名答。私たちが奥へ入っていくと、母親はあの部屋を抜け出した、ってわけね」

「じゃ、どうして風の死体を移したりしたわけ？」

と、希代子が訊く。

「帰ってから、真音は母親の告白を聞いたのよ。――もしホテルで死体が見付かると、ボーイが母親のことを憶えてるから、まずいと思ったのね。二人して、もう一度あのホテルへ行き、風の死体を車にのせて、風のマンションへ運んだのよ」

「それは分るけど」

と、浅井が言った。「なぜ、真音さんは自分がやった、と言ったのかな」

「風の死体をマンションへ運んで、引き上げる時、あの管理人に、真音だけ、顔を見られちゃったのよ。――真音も、三角刑事が自分をあの管理人に見せたんだと知って、先に自分から、自白しちゃったのね。母親をかばって。若いから、罪も軽いだろう、と思ったんでしょ」

「で、母親は、それを知って、自殺しようとした……」

「書き置きで、自分が犯人だと言い遺してね。――でも、風丈一朗は自業自得ってところがあるし、そう重い罪にならないと思うけど」

「同感だね」

と、浅井が言った。

「それに、自分が、娘のピアニストとしてのキャリアを台なしにした、という気持もあったのよ」

「そんなこと心配しなくても良かったのにねえ」

と、希代子が言った。

そう。——真音の本格的なデビューリサイタルである今日の公演、チケットは早々に完売になっていた。

何でも、風巻が、一番前の席をとるために、子分を十人も並ばせたそうだ。

「——やあ」

と、声がした。

見れば、あの石頭の岩田刑事が、三角刑事と一緒にやって来る。

「お二人で？」

と、私は言った。

「うん、これも何かの縁だ」

と、三角は言って、「途中、こいつの講義を聞かされて、閉口したがね」

「スクリャービンのソナタの音楽史的位置を説明しただけですよ」

と、岩田が言うと、

「やめてくれ！　ともかくピアノだってことが分りゃいい」

と、三角が逃げ出しそうになった。

私たちは笑い出してしまった。

「——刑事さん」

と、希代子が言った。「例の麻薬組織の方は？」

「うん。山崎の話で、風丈一朗のルートを当っているんだ。大分手応えはありそうだよ」

「良かったわ」

私は肯いてから、「――あれ、見て」

と、目を丸くした。

「何だ。風巻の奴じゃないか！」

三角が唖然とする。

風巻が、子分を七、八人も従えてロビーへ入って来たのだ。

大体、それだけでもちょっと人目をひく光景だが、加えて、子分たちがみんな、大きなタスキをかけていて、赤いタスキに白ヌキ文字で、〈根津真音を守る会〉とでかでかと書いてある！

おっかない男たちが、みんなどうにも照れくさそうだった……。

「やあ、君！」

と、風巻が私の方へやって来た。「あの子を救ってくれて、ありがとう！」

「いいえ」

「お礼に何かあげたいが……。何がいいね？　機関銃でも？」

「そんなものいりません！」

と、私はあわてて言った。

「じゃ、用心棒の二、三人でもどうかね？　悪い虫がつきそうになったら、追っ払ってくれる」

「男の子が寄りつかなくなると、却って困ります」

「そうか。――や、こりゃどうも」

風巻は三角たちの方へ会釈した。

「今日はあいにく、逮捕状を忘れてね」

と、三角が言った。「この次会った時にでも」

「そうですな。今日はあの子のピアノに耳を傾けることにしませんか」

風巻も、どうやら熱烈なファンになってしまったようだ。

――開演が近づき、私たちはホールへ入った。

風巻のすすめで、一番前の列に座って待つことしばし、開演のブザーから五分ほどして照明が落ち、ステージが明るくなる。

静けさが広がると、いいタイミングで、真紅のドレスの真音が、ステージに登場した。

拍手――大ホールの空間を満す拍手に、真音は頬を紅潮させていたが……。

私は目を丸くした。

「真音――」

と、低い声で、「靴！　――靴よ！」

「え？」

キョトンとして、真音が足下を見下ろすと、ドレスから出た足には、ジョギングシューズをはいている。

「あら……。はきかえるの忘れちゃった」

と言ったから、場内は爆笑の渦。

真音は堂々と（?）引っ込んで、靴をはきかえて来ると、あがった様子もなく、ショパンをひき始める。

――その調べは、真音の成功を約束していたが、それでも、私は心の中で呟いたのだった。

この子は、本当に〈黒鍵〉だわ、と……。

解説

山前譲

十六歳の女子高生が巻き込まれた恋と冒険の物語、バックに流れるのはピアノの調べ――この『黒鍵は恋してる』はまさに赤川作品のメインストリームに位置する長篇です。解説の必要はありません。さあ、すぐに読みましょう!

――これで終わってしまっては原稿料泥棒と言われるかもしれません。オードリー・ヘップバーンとピーター・オトゥールの主演で一九六六年に公開されたアメリカ映画『おしゃれ泥棒』なら、そして徳間文庫で人気の今野夫妻のシリーズなら、〈泥棒〉も許されるのでしょうが、やはり汚名を着せられることは避けたいものです。

米田あかねは十六歳の高校一年生です。夏休み最後の日、課題をやるのにも飽きてベランダに出てみました。そこに立つと、ちょうど向かいのマンションの八階の広い窓が、手を伸ばしたら届きそうな気になるほど、近くに見えます。

その部屋には三十歳くらいの女の人が独りで住んでいましたが、その夜はレースのカーテン越しに男の人がいるのが分かりました。メガネをかけていて、髪が少し長めに肩にかかっているらしい……。そろそろ自分の部屋に戻ろうとしたとき、花柄のカーテンに映っている女性のシルエットに、もうひとつの影が飛びかかったように見えました。しかし、その後に何かが起こることもなく、あかねは寝てしまいます。

そして一夜が明けると向かいのマンションの前にパトカーと人だかりが！　なんでも八階で殺人事件があったようです。とすると、昨夜目撃したのは殺人の瞬間だった!?　ここでアルフレッド・ヒッチコック監督の『裏窓』を思い浮かべたならば、作者の赤川次郎さんが映画好きであることをよくご存じの方でしょう。

コーネル・ウールリッチの短篇を原作としたその映画は一九五四年に公開されました。事故で車椅子生活となってしまったジェームズ・スチュワートが演じるところのカメラマンのジェフが、自宅アパートからカメラの望遠レンズで外を観察している日々のなかで、ある怪しい出来事に気づきます。きっと殺人事件に違いない。疑念を抱いて調べはじめたジェフに危機が迫ります。

そしてあかねにも危機が迫って来るのですが、まずは彼女がエンジョイしている学園生活です。学校に行こうとしたあかねは、殺人事件で大騒ぎのなか、マンションの一階上に引っ越してきたばかりの根津真音と出会います。その日は始業式の日でした。事件に気を取られてあやうく遅刻しそうになったふたりですが、なんと真音はあかねと同じクラスに編入してきたのです。

そして放課後、一緒に帰ろうとしていた仲良しの加東希代子が言うのでした。「ありゃ凄いわ」と。担任の先生に言われて、真音が教室の古いアップライトピアノを少し弾いたのですが、クラス中の子が唖然とするほどの素晴らしい音色だったからでした。

じつはあかねは真音のピアノの腕前をすでに知っていました。あかねの母の志津子は、引っ越しの挨拶にやってきた真音の母の久美子に、「音楽がお好きなようですね。よくレコードがかかってますものね」と言います。すると久美子は、「ああ、あれは娘が弾いておりますの」と答えるのでした。真音は知る人ぞ知る天才ピアニストだったのです。

さて、ここでレコードって何？　と疑問を抱く人が多いかもしれません。じつはかなり詳しく説明しないといけないと思っていました。エジソンが発明した円筒状の「フォノグラフ」に端を発し、円盤に溝を刻んで音楽を再生するレコードは長年親しまれてきましたが、一九八二年に商用化されたコンパクトディスク（ＣＤ）の、そしてインターネットに接続してのストリーミングの普及によって、次第に生産量が減って……。

『黒鍵は恋してる』は一九九一年二月に集英社から刊行されました。ＣＤからレコードへと急激に移り変る頃でした。そして今ではもう、レコードなんて完全に化石のようなものと締めくくろうとしたら、なんと二〇二二年のアメリカの音楽業界では、レコードがCDの売り上げを上回ったというニュースが流れました。復権とは軽々しく言えませんが、若い世代にもレコードが見直されているようです。

もちろん赤川さんはレコード世代ですが、映画とともにクラシック音楽は多くの作品でテーマとなってきました。

刊行順では五作目と最初期の作品である『赤いこうもり傘』は、高校のオーケストラのコンサート・マスターである島中瞳が主人公で、帰宅すると彼女のヴァイオリンがすり替えられていることに気づきます。ケースに入っていたのはなんと、名器として知られるストラディバリ！　やはり最初期の作品である『幻の四重奏』は女子高生で構成された四重奏団のメンバーに死が訪れています。

『乙女の祈り』は高校二年生の智子の父に魔手が迫ってくるのですが、彼女はアルバイトの弦楽四重奏でチェロを弾いていました。『保健室の貴婦人』で事件に巻き込まれていく仲良し三人組の女子高生は、中学時代のブラスバンド仲間です。『白鳥の逃亡者』は「チェロの天才少女」と注目されている高校生が主人公でした。サン・サーンスの名曲がモチーフです。

『禁じられたソナタ』はちょっと変っていて、「送別」と題されたピアノソナタをめぐるホラーでした。『哀愁変奏曲』は音楽と楽器をテーマにしたホラーの連作短篇集です。『インペリアル』は実力派のピアニストが演奏中に謎の言葉を残して倒れてしまうという発端でした。

　もちろんシリーズキャラクターの活躍にも、音楽が絡んだストーリーは多々あります。『三毛猫ホームズの狂死曲（ラプソディー）』に『三毛猫ホームズの歌劇場（オペラハウス）』、今野夫妻シリーズの『泥棒教室は今日も満員』などがあり、杉原爽香シリーズでは主要登場人物に世界的なヴァイオリニストがいますから、そこかしこでクラシック音楽が流れています。

　そしてなにより忘れてはならないのが、徳間文庫の『昼と夜の殺意』です。水城澄音・韻子の姉妹は、それぞれにピアノとヴァイオリンの天才少女と呼ばれて活躍していました。そのふたりが殺人事件にかかわり、恋愛模様に翻弄される……。この『黒鍵は恋してる』と対をなす長篇と言えます。

　元気いっぱいのあかねは殺人事件の謎解きにのめり込むあまり、何度も危機一髪の場面を迎えています。真音のほうはピアノの練習に精進していればいいのに……。タイトルの「黒鍵」はその真音のあだ名に由来しています。その理由は読んでのお楽しみでしょうが。調べてみると、あのショパンが創作活動をしていた十八世紀は、白鍵と黒鍵の色が現在と逆だったそうです。もしその頃にこの長篇が書かれていたなら、タイトルは『白鍵は恋してる』だった？

　もちろんそんなことはありませんが、これも調べてみると、世の中には黒鍵だけで奏でられるピアノ曲があるそうです。なかでもショパンの『黒鍵のエチュード』は名曲として知られています。もっとも、一音だけ白鍵のところがあるそうですが、ピアノを弾こうとすると右手と左手で同じ指を動かしてしまう筆者にはよく分かりません。

それはともかく、真音が奏でる黒鍵のメロディとあかねが奏でる白鍵のメロディがクロスしながら、ストーリーが展開しています。あれ、希代子は？　なにかと混乱を招いているので、彼女はさしずめピアノのペダルという役どころでしょうか。

その三人の楽しい学園生活にスリリングな殺人事件の謎解き、そして真音の妙（たえ）なるピアノの調べと、赤川作品のエッセンスがたっぷり盛り込まれているのがこの『黒鍵は恋してる』です。

二〇二三年五月

本書は１９９４年４月集英社文庫より刊行されました。
なお、本作品はフィクションであり実在の個人・団体などとは一切関係がありません。

徳間文庫

黒鍵(こっけん)は恋(こい)してる

2023年6月15日 初刷

著者 赤川次郎(あかがわじろう)
発行者 小宮英行
発行所 株式会社徳間書店
東京都品川区上大崎三-一-一 〒141-8202
目黒セントラルスクエア
電話 編集〇三(五四〇三)四三四九
販売〇四九(二九三)五五二一
振替 〇〇一四〇-〇-四四三九二
印刷 大日本印刷株式会社
製本 大日本印刷株式会社

ISBN978-4-19-894870-2 (乱丁、落丁本はお取りかえいたします)